诺贝尔奖获奖者散文丛书

人类的未来会好吗

{美国}

爱因斯坦 著

1921年诺贝尔物理奖

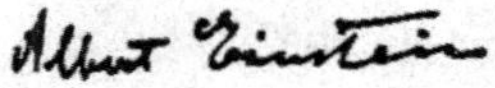

唐 慧 冯道如 译

江苏凤凰文艺出版社
JIANGSU PHOENIX LITERATURE AND ART PUBLISHING, LTD

图书在版编目（CIP）数据

人类的未来会好吗 /（美）爱因斯坦（Einstein,A.）著；唐慧，冯道如译. — 南京：江苏凤凰文艺出版社，2015（2022.8 重印）
（诺贝尔奖获奖者散文丛书）
ISBN 978-7-5399-8238-0

Ⅰ. ①人… Ⅱ. ①爱… ②唐… ③冯… Ⅲ. ①散文集—美国—现代 Ⅳ. ①I712.65

中国版本图书馆 CIP 数据核字(2015)第 076339 号

书　　名	人类的未来会好吗
著　　者	（美）爱因斯坦
译　　者	唐　慧　冯道如
责任编辑	孙金荣
出版发行	凤凰出版传媒股份有限公司 江苏凤凰文艺出版社
出版社地址	南京市中央路 165 号，邮编：210009
出版社网址	http://www.jswenyi.com
经　　销	凤凰出版传媒股份有限公司
印　　刷	三河市燕春印务有限公司
开　　本	880 毫米×1230 毫米　1/32
印　　张	8.875
字　　数	210 千字
版　　次	2015 年 10 月第 1 版　2022 年 8 月第 2 次印刷
标准书号	ISBN　978-7-5399-8238-0
定　　价	59.00 元

目录 CONTENTS

第一辑 人生絮语

我的自画像 / 003
我这一生(节选) / 004
我的政治宣言 / 019
我的世界观 / 020
爱因斯坦—泰戈尔谈话录 / 024
道德与情感 / 035
论自由 / 041
人生的意义 / 044
关于财富 / 045
善与恶 / 046
人类为什么需要伦理文化 / 047

第二辑 人物素描

在哥白尼逝世四百一十周年纪念会上的讲话 / 051
约翰尼斯·开普勒 / 053

追忆莫里斯·拉斐尔·科恩 / 056
瓦尔特·能斯特 / 058
悼念保罗·郎之万 / 062
史蒂芬·怀斯 / 065
在 H.A.洛伦兹墓前的致辞 / 067
H.A.洛伦兹对国际合作的贡献 / 068
波珀-林科斯 / 071
恭喜佐尔夫博士 / 072
贺阿诺德·柏林纳七十寿辰 / 074
摩西·迈蒙尼德 / 076
反法西斯斗士卡尔·冯·奥西茨基 / 078
向萧伯纳先生致敬 / 080
圣雄甘地 / 081
西格蒙德·弗洛伊德 / 082
悼念居里夫人 / 084
追忆马克斯·普朗克 / 086
悼念保罗·埃伦费斯特 / 088
悼念卡赞斯坦医生 / 092
批评家 / 095
新闻记者 / 096

第三辑　科学漫谈

科学定律与伦理准则 / 101
致意大利科学促进会的信 / 104
1933 年的德国——与普鲁士科学院的通信 / 108
论科学真理 / 114

科学的共同语言 / 116
科学的国际化 / 119
科学与宗教 / 121
宗教与科学 / 129
科学与文明 / 133
科学与社会 / 137
科学之困 / 140
法西斯与科学事业——致西诺·罗科部长的一封信 / 142
科学的宗教性 / 144

第四辑 教育漫说

关于知识分子的组织 / 147
保卫人类的未来 / 149
写给耶路撒冷大学 / 151
教育与世界和平 / 153
论学术自由 / 155
论独立思考能力的培养 / 157
谈谈古典文学 / 159
论教育 / 160
教师与学生——对孩子们的演讲 / 165
关于教育:给一位小姐的信 / 166

第五辑 国家、民族与世界

联合国和《世界人权宣言》 / 171
黑人问题 / 174
致阿拉伯人的一封信 / 177

我的美国印象 / 179
感谢美国 / 183
答美国女士 / 185
给日本小学生的一封信 / 186
关于重建巴勒斯坦之演讲 / 187
少数族群 / 194
是否存在犹太人的观点? / 195
他们为什么讨厌犹太人? / 197
美国犹太教委员会 / 205
给国务大臣赫尔帕赫教授的一封信 / 206
反犹太主义与青少年学生 / 208
犹太人的理想 / 210
一封回信 / 211
在犹太殉难烈士纪念碑前的讲话 / 213
基督教与犹太教 / 215
被驱逐的欧洲犹太人 / 216
绝不能忘记 / 218
犹太共同体——于伦敦的演说 / 219
答犹太青年 / 222
犹太人的使命 / 223
巴勒斯坦垦荒者 / 225
和平 / 227
失乐园 / 228
对欧洲当前局势的观察 / 229
迈向一个世界政府 / 230

第六辑 社会万象

文化衰败的症候 / 235
论战争威胁的消除 / 237
国家良心与个体良心 / 239
给罗斯福总统的一封信 / 241
人权——致芝加哥律师“十诫会”的信 / 243
一次领奖致辞 / 245
女人与战争 / 246
道德的堕落 / 247
在一次捍卫言论自由集会上的讲话 / 249
社会与个人 / 251
时代的遗产 / 253
那决定性的十年 / 255
致一位爱好和平的人士的信 / 258
为什么要选择社会主义？ / 259
1932 年裁军会议 / 267
文化繁荣与经济发展 / 272
人类生存的目标 / 274
人类的未来会好吗 / 276

第一辑　人生絮语

我的自画像

一个人很难知道，在其全部人生存在中究竟什么是重要的什么又是不重要的。对于这一点，外人就更加迷惘了。这就好比水中鱼，鱼儿在水中畅游了一辈子，但它对这水又有多少了解呢？

酸甜苦辣，这是我们从外部世界中获得的人生感受；而那种刻骨铭心的人生体验却来自于我们的内在世界，来自于我们的执着努力。从事科学研究，是我的兴趣和本性使然。在这方面，我取得了一些成就，得到了世人的尊敬与爱戴，这让我多少有些汗颜。当然，我也因此而遭到了很多人的嫉恨。不过，嫉恨之箭射错了方向，未能伤害到我，因为它们属于另一个世界，我的世界里并没有它们的位置。

我的一生都是在孤独中度过的。孤独让我在年轻时备受煎熬，在年老时又给我带来了许多甜美和快乐。

我这一生(节选)

我静坐于此,想要提笔直抒胸臆。我现年已六十有七,此时此刻竟颇有些总结人生之感。这不仅是因为斯克里普博士一直劝我动笔写点什么,主要是我也觉得该写点东西回顾一下自己走过的路。我想,对自己挣扎探寻之路的回望必定有助于那些同我们一样奋斗着的人。不过,经过一番思考之后,我也深知这样做效果非常有限。不管一个人的学术生涯多么短暂,多么有限,不管他一路上犯了多少错误,要想把他的经历中值得拿出来说的事阐述清楚也是一件极其难办的事。毕竟一个六十七岁的人不见得能完全拾起他五十岁、三十岁乃至二十岁时的状态。每一份回忆都会被当下的状态所影响,甚至还会因此传递出虚假错误的观点。这种无法完全还原过往的担忧总会让人踟蹰不前。但无论如何,总结自己的经验教训比起其他思考方式来总能让人有意外的收获。

我比较早熟,所以在我还是个青年时,我就清楚地知道大多数人终其一生所追求的奋斗目标都是没有意义的。不久之后,我又发现了这种追求的残酷之处,这种残酷在过去被小心翼翼地包裹在虚伪和华丽的辞藻背后,掩人耳目的程度比当今时代要严重得多。只要目标和希望伫立在那里,就吸引着人们去奋斗,去追求。

一般人在追求的过程中满足追求本身，对于一个有思想有情感的人而言，这种追求丝毫满足不了他们。要逃离为追求而追求的这种局面，首要的道路就是诉诸宗教信仰，宗教信仰通过传统的教育机器被灌输进每一个孩童的心灵中。所以我父母虽是没有宗教信仰的犹太人，但借助这种灌输我在孩童时代却成了一个虔诚的教徒。然而，这种虔诚在我十二岁那年就突然不见了。通过阅读科普读物，我很快就认定《圣经》中的大部分故事都是虚构的。结果便是，我成为一名热切（说狂热也不为过）的自由思想者，我脑海中形成了这样的印象：国家通过谎言有意地给青年人洗脑。这是一种极具冲击性的印象。自此我不再相信任何类型的权威，我开始对所有特定社会环境中存在着的活跃信念保有一种怀疑态度，这种怀疑态度跟随我一生，只是由于后来对因果关系理解得更深刻让我的态度稍微有所缓和。

少时的宗教信仰是我将自己从"唯我"的锁链中解脱出来的一种尝试，是我将自己从由愿望、希冀和单靠感觉主宰的生活世界中解放出来的一种尝试。但我很清楚，我已经丢掉了这一信仰乐园。在自我之外存在着一个独立于人类的宏大世界，这个世界带着它那巨大永恒的谜团伫立在我们面前，我们能够部分地通过观察和思索来捕捉这个世界的片段。在思考这个世界的过程中人会获得自由，我很快就意识到我所尊敬艳羡的许多先贤都是借由这种方式来获得内心的自由和安宁的。在能力范围内从精神上把握外部世界，这个想法总是有意无意地闪现在我的脑海中，成为我认为的值得追求的至上目标。过往以及现今那些被这种想法激励且身体力行从而获得了对世界的真知认识的人都是值得我追随的好友。与通向宗教乐园的道路不同的是，这条探索之路艰辛枯燥，但它是那样可靠以至于我从未后悔选择了这条道路。

不过我此刻所说之事也只是在某种意义上才是对的，你不可能通过寥寥几笔就能完全描绘出一个有着千丝万缕细节的复杂事物。如果一个人懂得享受条理清晰的思维，那么他势必会在其他方面有所耽误，而且他的心智也会朝着特定的方向发展。（我喜欢思维的条理性）所以在我回忆那些发生在千变万化情形中的事实时，我偏重的是看透往事背后统一的发展规律。外部情形的变化万端与思维的短暂褊狭会使一个人的生活都被琐碎填满。对于我这类人来说，当我的主要兴趣开始从关注短暂瞬间与微小个人转向捕捉事物的概念时，我就实现了自我飞跃。从这点上说，尽管我上文只有寥寥数语，但已经说明了足够多的真理。

那么，确切点说，到底什么才是“思考”？“思考”不是接收知觉印象后浮现出的记忆图景，“思考”也不是这些记忆图景先后浮现并形成组合序列。但当特定的图景从许多类似的组合序列中反复地脱颖而出，并作为序列中的主导因子将这些组合序列编织起来使得这些散漫序列获得了条理时，那么我们就可以将这类图景称为概念，借助概念这一工具我们就能实现思考。在将散漫的自由联想和“白日梦”一般的意向转向思考的过程中，概念或多或少是起着主导作用的。当然，概念不一定会被束缚在词句这类能被理解并且不断重复的标识之上，词句的最大作用在于它能够方便思考和交流。

但读者可能会问：是谁给一个人权利让他在存在问题的领域中粗心大意地总结出粗糙的观点又不尽力去证明呢？为此我所做的辩护是：我们所有的思考在本质上而言就是对概念的自由运用，而对概念自由运用得恰当与否完全取决于我们借助概念的帮助对自身知觉所达到的理解深度。“真理”概念尚不能被应用到这种范式结构中，在我看来，只有当运用概念的元素和规则得到广泛的理解之后，我们才能讨论“真理”概念本身。

毫无疑问，不借助词句标识我们的思维多数情况下也能运转自如，并且很多时候还都是在无意识的情况下进行的。否则，我们也不会在某些时候突然自发地“怀疑”起一些经验来。当经验与已被我们内在固化的概念世界发生冲突时，对经验的“怀疑”就会产生。这种尖锐且强烈的冲突不断地作用于我们的思维世界，并对它产生决定性的影响，我们的思维世界就在这种不断与“怀疑”展开对抗的过程中得到一定程度的发展和升华。

我在四五岁时就有过一次怀疑的体验。有一次我父亲拿了一个指南针给我，它的指针坚定地指向北方，这不同于任何能在无意识的概念世界里找到对应项的其他事物，这些事物遵循直接“接触”所产生的作用力。我到现在都还记得（我非常确信自己记得）这一经历带给我的深沉持久的影响。人对于自己从小熟知的事物是不会产生太多惊讶与怀疑的，人不会对下落的物体、风雨、月亮以及月亮为什么不会掉下来、生物与非生物之间的差异等等这些熟知的事物和现象感到惊讶和怀疑。（所以我怀疑）在这一现象背后必定隐含着什么更深层的东西。

我十二岁那年又经历了一次“怀疑”体验，这是一次完全不同的体验。在第一学年，我就拿到了一本讲欧几里得平面几何的小书。书中有很多类似于三角形三条高交于一点这样的定理，这类定理尽管不是一目了然，但却能被完美地证明，让人不会有丝毫疑问。这种清晰确定让我有一种说不出来的震撼。公理不证自明这一点也没有让我觉得有什么不妥。而且如果我能够基于一些在我看来没有疑问的命题来组建证明过程，我就已经很满足了。就好像，我记得在我拿到这本平面几何书前，一位叔叔就已经同我讲过勾股定理。经过一番努力，借助三角形的相似性，我终于“证明”了这个定理。在证明的过程中，我直接运用的工具是直角三角形的边是由锐角决定的，这在我看来是显而易见的事，值得“证明”的是那些不那么明显的规则。另外，几何学研究的对象同那些感官知觉所关注的“可以被观察和触摸”的对象在本质上是一致的。这类初级概念相当于康德提出的那个有名的“先验综合判断论”体系里的初始命题，很明显这类几何学概念(还有诸如刚性杆、有限区间等概念)都是建立在无意识环境中的直接经验之上。

如果就此认为我们能通过纯粹思考来形成关于事物的经验认知，那么我们一直谈及的“怀疑”就会建立在一个错误的基础之上。尽管如此，人的确能够借助纯粹思考来达成纯粹的认知。就像希腊人在几何学中向我们展示的那样，对于任何一个有过这种经历的人，都会惊讶于纯粹思考的非凡成就。

好了，似乎扯得有点远，现在让我回过头来说说我在开篇打算要总结的“人生”。虽然在上文的字里行间已经不经意间有所提及，但我还是急不可耐地想在这里花点笔墨说明一下我的认识论信条。我的这一套信念其实是经过长时间慢慢发展演变形成的，并且与我早年时期的信念也不完全一致。

在我看来，(认识的形成)可以遵循两条路径：一条是全面依靠经验直觉，另一条则是全盘借助以往著作中明示的概念和命题。概念和命题恰因逻辑的存在而产生联系，而所谓的逻辑性思维就是一种依据逻辑关系来思考概念和命题之间关系的思维方式，这种思维方式遵循严格的逻辑约束。只有通过与经验直觉产生联系，概念和命题才能获得“意义”或“内容”。经验直觉与概念命题之间的联系是一种纯粹的直觉性联系，并不受逻辑关系的约束。这种直觉性联系的确定性程度是可以被验证的，是否能够被验证是区分毫无根据的空想和科学性“真理”之间的界限。人创造了概念体系以及概念的构成规则，并借此创造出一套概念体系的结构。虽然从逻辑上看概念体系是完全主观的，但概念的主观性也不是不受限制。首先，概念体系要符合最确定的直觉，要能完全匹配整体经验。其次，概念体系要遵循简单性规则，即尽可能少地使用逻辑独立的元概念或者公理这类要素，那些没有被明确定义或明确阐述的概念和命题在概念体系中要尽可能少地出现。

如果一个命题遵循既定逻辑体系中已被广泛接受的逻辑规则，那么这个命题就是正确的。如果一个概念体系的确定性和完整性在很大程度上与现实经验的整体性相匹配，那么这个概念体系势必具备了真实的内容。而正确的命题之所以具备真理的特性，就是因为它能够从其所属的体系中获取真实的内容。

在此我要稍稍评价一下历史发展方面的问题。休谟[①]曾明确地指出，像因果性这种特定概念是很难借助逻辑手段从现实经验的材料中提取出来的。康德更是彻底地认识到特定概念的不可或缺性，他将这类概念视为开展各类思考的前提，并对这类概念和来源于经验的概念进行了区分。在康德看来，这类概念是被精心挑选出来的。然而在我看来，这种有意的区分是错误的，它会在某种程度上造成不能自然公正地看待问题。所有的概念，包括那些最接近经验的概念，都是按照逻辑假设自由挑选出来的。因果性概念更是如此，它们一开始的出发点就是基于对逻辑假设的自由选择。

再回到要总结的“人生”上。在十二岁到十六岁时，我熟悉了数学，包括微积分原理。这时，我非常有幸能接触到一些逻辑并不严密但却非常遵循基本原理的书籍。总的来说，(数学学习)这件事非常引人入胜，我学习时经历的震撼可以媲美我当时学习初等几何学的震撼。同样的体验有过好几次，尤其是我在学习解析几何基本定义、无穷级数、微分和积分的定义时，都有类似的感觉。同时我也很幸运地借助一本优秀的通俗读物了解了整个自然科学

① 大卫·休谟(David Hume，1711—1776)：苏格兰哲学家、经济学家、历史学家。著有《人性论》、《道德原则研究》、《人类理解研究》、《宗教的自然史》等著作。

领域的重要成果以及整体方法，我当时如饥似渴地读完了伯恩斯坦那本满篇都是定性描述的《自然科学通俗读本》(是五卷本还是六卷本我记不清了)。那时候，我也学习了一点理论物理。在十七岁那年，我进入苏黎世理工学院攻读数学和物理学。

在那里我遇到了许多优秀的教师，比如赫尔维茨、闵可夫斯基。论理我应当会接受更深层次的数学训练，但因为我十分沉迷直接经验，所以大部分时间我都泡在了物理实验室里。为了平衡时间分配，我其余主要的时间便是在家里学习基尔霍夫①、亥姆霍兹②和赫兹③等人的著述。我对数学的忽略在一定程度上是因为我对自然科学更感兴趣，还因为以下特殊的经验性原因：我发现数学已经细分为许多更细的专业领域，而每一个领域都需要我们穷尽一生精力去探索。结果就是，我发觉自己陷入了“布丹驴”④的困境中，实在是不知道该吃哪一堆草料。想来这大概是因为我在数学领域的直觉不够强，使我无法清楚地辨识出哪些是基础性的、根本上重要的知识，哪些是一定程度上可有可无的广博知识。当然，也可能是因为我对自然科学的学习热情更为强烈。作为一名年轻的学生，我当时是很难清晰地具备这样一个意识，那就是：那些博大精深的物理学基本原理都是需要通过最复杂的数学方法才能构建出来的。直到后来我独立从事科学研究工作许多年之后，我才慢慢认识到数学对于物理学研究的重要性。事实上，物理学也被划分为几个独立的领域，实验数据又是如此地庞杂凌乱，要想在短暂

---

① 基尔霍夫(Gustav Robert Kirchhoff，1824—1887)：德国物理学家。

② 亥姆霍兹(Hermann von Helmholtz，1821—1894)：德国物理学家、生理学家。

③ 海因里希·鲁道夫·赫兹(Heinrich Rudolf Hertz，1857—1894)：德国物理学家，于1888年首先证实了电磁波的存在。

④ 源自法国作家拉·封丹(Jean de la Fontaine，1621—1695)所写的一则寓言。该寓言说的是，有一头驴子，它的左边有一捆草，右边也有一捆草，这头驴不知道该吃哪一捆，最后就饿死了。

的一生中熟悉其中一个领域，没有对更深层知识的把握是很难完成的。但在物理学领域中，我很快就摸索出如何抛开旁枝末节直达根本的路径，我学会了如何在那些让思绪变得散乱的众多事实中找到要领。一个人会被杂乱的知识套住，这主要是因为以前的学习是不管学生喜欢不喜欢都要把考试要考的东西填进大脑。这种强迫填鸭尤其对我产生了一种阻滞效应，那就是过了期末考试之后，我发现我在接下来一整年里对任何科学问题都提不起兴趣。但我必须得承认，我们在瑞士很少受到这种填鸭式教学的荼毒，这种在其他地区颇为盛行的填鸭式教学能够掐灭真正的科学冲动。在瑞士，我们只有两门考试，之后就可以做自己想做的事情。加之，我当时有个朋友既会参加经常性的讲座又能尽心尽力地整理讲座内容，(有他的帮助)我便有了更多时间沉浸在自己想做的事情当中。所以除了考试前那短暂的几个月之外，我都有足够多的自由按照自己的步调行事。我非常享受这种自由，有时虽会有负罪感，但我总能愉快地承受这种内疚。事实上，现代教学法没能彻底将纯粹的好奇探索完全扼杀掉简直可以算作是一场奇迹了。对于脆弱的幼苗而言，除了激励，更多地是要让它自由成长。没有自由，它就必定会枯萎死去。那种认为可以通过强迫或者借助责任感来激发探索欲的想法是完全错误的。恰恰相反，在我看来鞭子是会让健康的猛兽丧失正常的进食欲望的，特别是当它在并不饥饿的时候强迫它进食，更别说那些食物还是在强迫下被特意挑选出来的。

现在，让我来说说当时的物理学。虽然那时物理学特定领域中已经产生了大量有价值的成果，但在根本的原则性问题上死板和教条依旧大行其道。其认识基础是：在创世之初(如果有的话)，上帝创造了牛顿运动定律以及该定律所必须的物质和力，此乃一切之本源。除此之外，一切都能够借助恰当的数学方法通过演绎来达成。借助于偏微方程，十九世纪（物理学）的成就就是建立在这一认识基础之上的，这种成就激起了所有具备足够理解力之人的羡慕之情。牛顿大概就是第一个揭示出偏微方程功效的人，他在自己有关声的传播理论中展示了偏微方程的功效。欧拉[①]当时也已创建了流体力学的基础。随着离散力学发展得更加精深，力学作为整个物理学的基础在十九世纪被发扬光大。但对于一个学生来说，最受震撼的并不是力学在技术上取得的发展或者是它能够解决的复杂问题，而是力学在与自身领域不甚相关的领域中所取得的进展。比如，光的动力学理论假定光是具备弹性的类固体"以太"中的波动。更重要的是气体动力学的发展，气体分子动力学不仅证明了单原子气体的比热不受原子量的影响，而且还揭示出了气体特性方程求解与比热的关系、气体离解的动力学原理、气体的黏性、热传导和扩散之间的量化关系以及原子能的绝对量等等。这些成果说明了力学既是物理学的基础也是原子假说的基础，而后者已经深深地扎根于化学领域。然而，化学领域只关注原子质量的比重，并不关注原子的绝对量，所以原子理论更多地是被视为一种形象化的符号而非一种涉及物质真实结构的知识。除此之外，有趣的研究还集中在借助经典力学的统计学原理推导出热力学基础理论，目前这项工作已经被玻尔兹曼[②]完成。

因此，我们不必感到惊讶，可以说，前面那一个世纪见证了经典力学的发展，并对物理学的发展奠定了牢固且明确的基础。虽然麦克斯韦[③]的理论逐步占据上风，但是整个自然科学里的学者们

---

① 莱昂哈德·欧拉（Leonhard Euler，1707—1783）：瑞士数学家、自然科学家。

② 路德维希·玻尔兹曼（Ludwig Edward Boltzmann，1844—1906）：奥地利物理学家，热力学和统计物理学奠基人之一。

③ 克拉克·麦克斯韦（Clerk Maxwell，1831—1879）：英国物理学家，电磁学基本定律四元方程组的创始人。

还是前仆后继要把他的理论也建立在力学基础之上。我们现在看麦克斯韦和 H.赫兹,是把他们视为动摇力学理论是所有物理学基础这种观念的人,但当时他们自己在有意识的思考中却也一直坚持力学理论是物理学最坚实的基础。恩斯特·马赫[①]在他那本《力学史》中颠覆了这种教条的判断,在我的学生时代这本书对我产生了深远的影响。马赫的伟大之处便是他具备了坚定的怀疑论和独立思考能力。在我年少时,马赫的认识论态度同样非常深刻地影响了我。这种态度的积极意义在今天看来颇有些站不住脚。因为他没能正确指出思考尤其是科学思考中的建设性本质与推理意义,他对那些理论的指责反而集中在其他几个方面,比如,在原子能的分子运动理论中很明显就能看出建设性和推理的重大意义,但他却对其进行批驳。

在我开始批判力学是物理学的基础这个信念之前,我必须要先阐述一些总体观点,只有了解了这些观点才能对物理学展开批判性的分析。第一个观点是:理论一定不能与事实经验产生矛盾。这个观点乍看起来很明确,但是应用起来却十分受限。因为人们时常(也可以说是一直以来)需要借助于人为附加的假设才能在将理论应用到实际中时维持住理论自身的普遍基础。然而,不管在什么情况下,这一观点关注的是用有效的经验事实来证实理论基础。

第二个观点并不涉及观察结果与理论假设之间的关系问题,而是涉及理论自身的前提假设,这种前提假设可以被简明且含糊地描述为前提的"自然性"或"简单的逻辑性",自然性和简单的逻辑性关注的是基本概念及其之间的关系。要给这种前提假设所要遵循的规则设置一套准确的程式是非常困难的,但这种规则却在

---

① 恩斯特·马赫(Ernst Mach,1838—1916):奥地利-捷克物理学家和哲学家。

选择和衡量历史上诸多理论时起到了重要作用。此处的问题不是简单的罗列逻辑上独立的前提假设(就算是能罗列出来那势必也是模棱两可的),而是在那些不能比较假设质地的前提中进行权衡。除此之外,对于那些具备类似“简单性”特征的基础理论而言,一个理论之所以被认为是较优理论,是因为该理论在对理论体系出现的可能性上限制得最为严格,比如包含最多的特殊要求。至于理论的“范畴”我不必多言,我将对理论“范畴”的讨论限制在那些关注所有物理现象整体性的理论上。如果说我们把第二种观点简单地描述成关注理论的“内在完美性”,那么第一种观点关注的则是理论的“外在确定性”。接下来我要说的也属于理论“内在完美性”的范畴,即:从逻辑上看,如果一个理论不是在与其他同类且具备相似结构的理论中任意选择出来的,那么我们就会给这个理论非常高的评价。

前面两段的论断多少有些不够精准,然而我并不打算拿写作篇幅受限这样的借口来搪塞。在此,我必须要承认,在阐述上面两段所要表达的问题时,我不能够或者说根本没能力用更加精准的定义来说明问题。然而,我能够确信的是,应该可以用更清晰的程式来描述上面的问题。在先贤们看来,理论“内在完美性”的重要程度要远远高于其“外在确定性”。

现在,我要开始对力学是物理学基础这一认知展开批判。

从理论要与实际经验相符这一观点来看,将波动光学吸纳进力学世界图景会引起严重的问题。如果光被解释为在弹性体即以太中的波动,那么以太就会是一种能够穿透一切的介质,但因为光振动的横向性,这就意味着以太的存在形式必然是类固体,并且是不可压缩的,因为这样才不会存在纵向波。以太就像是幽灵一般与普通物质并存,它看起来似乎无法对任何“可称量”的物质产生阻力。为了能够解释透明物体的折射率以及辐射的发射与吸收过程，就必须要假设出两种类型的物质之间存在着复杂的相互作用，这种假设不仅没有被严肃地验证过，更别说要实现了。

此外，电磁力促使我们有必要去引入一种带电质，即便这类带电质不具备明显的惯性，但也会彼此之间产生互动作用，但这种互动作用却不同于引力，而是一种极属性。

经过一番长期的思考折磨后，物理学家们终于抛弃了他们原本坚持的结论，即：所有物理学都能够在牛顿力学那里找到基础源头。而促使他们这么做的正是法拉第①和麦克斯韦的电动力学。被赫兹实验验证的电动力学理论向我们表明，存在着在本质上不同于可称量物质②的电磁现象，它是存在于真空中的由电磁场构成的波。如果力学被视为是物理学的基础，那么就必须从力学的角度解释麦克斯韦方程。这是一种积极狂热却徒劳无益的尝试，但由于方程本身被证实产生了越来越重要的结果，所以人们习惯于将这类场的概念独立出来，并不关注是否必须要解释出它们的力学本质来。就这样，力学作为物理学的基础便在不知不觉中被逐步放弃了，如果继续坚持力学基础，就势必会走进死胡同。从那时起，两种类型的概念要素便同时并存：一种是质点和质点间的超距作用力概念，另一种是持续场这一概念。现在，我们已经到了物理学发展的过渡期，此时的物理学并没有统一的基础，这一时期的状态虽然很难让人满意，但这种状态却一直持续了很长时间。

现在，让我再从第二个方面也就是理论的"内在完美性"这个角度来评价一下力学作为物理学基础这一认知。有鉴于今天的物理学已经摒弃了力学基础，对理论内在完美性的批判也只能停留在方法论层面上。但是这类批判能很好地说明这样一类论证方

---

① 迈克尔·法拉第(Michael Faraday，1791—1867)：英国物理学家、化学家。在化学、电磁学等领域都做出过杰出贡献。

② 可称量物质(ponderable matter)：即有重物质或有质物质。

式，这种论证方式对于我们未来筛选理论时非常有帮助。尤其是当基础的概念和定理越来越远离直接的观察，而现实经验也越来越难以验证和描绘理论时，这种论证方式很能派上用场。我第一个要说的就是马赫论证的观点，他论证的正是牛顿借助水桶实验不经意间提及过的那个观点。从纯粹的几何学角度来看，所有“刚性”坐标系在逻辑上都是等价的。力学方程只有在特定坐标系中才是有效的，比如惯性定律就只在惯性系中有效。在这种联系中，坐标系是不是一种物质实体并不重要。为了让这种特殊的坐标系具有可操作性，就必须寻找到能超越物质、距离这些一般概念的概念来建构理论。这也就是为什么牛顿会明确地引入“绝对空间”概念作为最初的假设，对牛顿来说绝对空间存在于所有力学现象中。牛顿所谓“绝对”的明确意义是：不受物质及其运动的影响。这种表述之所以看起来难以自圆其说，主要是因为实际上应当存在无穷多的惯性系，这些惯性系相对于彼此做匀速直线运动，这些惯性系比其他刚性坐标系更重要。

马赫设想在一个真正合理的理论中惯性取决于物质的互动，特别是对于牛顿所指称的其他力而言这一点是正确的。长久以来，我都以为这种概念在原则上是正确的。但这个概念却暗含着这样的先验假设，即：它的理论基础仍旧服从牛顿力学的基本框架——物质和物质互动是元概念。但很快我们就会发现，马赫的这一尝试与场论并不一致。

不管怎样，马赫的批判是充分合理的，尤其可以通过下文的类推来验证出马赫批判的合理性。我们可以想象一下那些要创造一种力学理论的人，假设他们只知道地球表面情况的一小部分并且看不到任何星星，那么他们便会倾向于认为特殊自然现象与空间的垂直方向相关，这个垂直方向指的是物体下落加速度的方向，进而他们会在这样一个理论的基础上认为地球上的大部分地区是水平面。他们不会将自己迷失在空间的几何特性是各向同性这种争论中，也不会因为基础物理学原理中包含了优先方向性而感到不满意。他们很可能(就像牛顿那样)会倾向于认为垂直方向的绝对性，他们会比较容易向这种认知妥协，因为这种认知是经由经验证明了的。偏好于垂直方向性而非空间中其他方向性就恰好类似于偏好惯性系而非其他的刚性坐标系。

现在，让我们转而讨论其他一些关注力学内在简单性或自然性的争论。如果我们承认空间(包括几何)以及时间的概念且对此毫无异议，那么就没有必要排斥超距作用这一概念，即便这一概念与我们在日常生活中习得的原始经验有所不同。但是，如果另作一番考量，我们就会发现，将力学作为物理学的基础还是多少有些单纯了。本质上而言，力学遵循两条法则：

(1) 运动定律；

(2) 力或势能的表述。

运动定律是精确的，但如果没有给出力的表述，运动定律便是空洞的。然而，在假定力的概念时，却存在着很大的随意性，尤其是当人们放弃了力仅与坐标相关(而力与时间导数无关)这一怎么看都很不自然的限制时，力的概念便会呈现出更大的随意性。从一个点出发的引力或者电力都会受到势函数的影响($1/r$)，这种表述从理论框架的角度上看本身就呈现出完全的随意性。在此我要补充说明一下：一直以来人们都知道，这个势函数是简单(旋转不变)微分方程$\nabla^2\Phi=0$的球对称解；故而这个函数不会被不着边际地误认为是一个能够揭示函数来源于空间定理的线索，而如果这种情况为真的话，那么就会消除力学定理中的任意性。对力概念任意性的洞察第一次预示出对超距作用理论的摒弃，这也是法拉第、麦克斯韦和赫兹所努力的方向，也是在实验数据带来的外部压力下促成的理论发展。

在此，我想再强调一点，惯性质量只出现在运动定理和引力定理中，并没有出现在其他力学定理中，这造成了理论内部的不对称性。最后，我想指出的是，将能量分为动能和势能两种不同类别，这本身就是很不自然的。H.赫兹在他后期的著作中就认为这种分类会造成理解上的干扰，所以他尝试着将力学从势能这一概念中解放出来，代之以革新力的概念。

到此为止，我已经说得够多的了。请原谅我吧，牛顿！你在你的时代彰显了人类所能达到的至高理性与创造能力，并寻找到了唯一可行的路径。你创造的概念甚至在今天仍然引导着我们物理学的思维，即便我们今天都明白你的概念会被逐步替代掉。如果我们想更深刻地理解事物之间的相互联系，就必须采用那些远离直接经验世界的全新概念。

“难道这就是你所说的‘人生回顾’？”惊讶的读者们很可能这样问。要我说的话，从根本上看，这的确是我的“人生回顾”。对于我这种人来说，人存在的本质在于他思考什么以及如何思考，而不是他做了什么或者经历了什么。所以，我的“人生回顾”就是梳理那些在我奋斗过程中对我产生重大影响的激荡思想。一个理论，它的假设越简单，所能涵盖不同事物的种类越多，所应用的范围越广，它就越容易给人留下深刻印象。经典热力学就给我留下了深刻的印象。这是唯一一个能够涵盖普遍内容的物理学理论，我必须承认，在该理论的基础概念所能应用到的具体框架内，它从来没有被推翻过，这一点我要提请那些怀疑论者特别要注意。

我的政治宣言

如果让我选择，我一定会选择居住在一个拥有政治自由的国度。在这个国度里，宽容得以通行，在法律面前所有公民都一律平等；在这个国度里，人们拥有言论自由，能够自由地表达观点、发表意见；在这个国度里，国家对于个人发表的任何意见都持宽容态度，予以应有的尊重。

然而这些，在目前的德国还无法找到。相反，在这个国家里，那些曾为增进人类之间的相互理解做出重要贡献的人士却正在遭受迫害，其中不乏一些卓越的艺术家。

正像每个个体那样，国家有时也会失去理智，精神变得异常，尤其是在它遭遇困难的时候，就更是如此。当然，国家通常都能克服这种困难，恢复正常。我希望，在不久的将来，德国能芟夷重弊，削平沉疴，重获健康心智。德国曾诞生过康德和歌德这样的伟大之才，我希望，将来这些人物不仅仅是用来被纪念的，我希望他们所倡导的那些理念也能真正深入每个人的心灵，成为公众生活的指导原则。

我的世界观

我们这些凡人总有一死，这是一件多么奇特的事情！每个人在这个世界上都不过是匆匆过客，尽管有时候我们自以为知道我们为何而活，但是实际上却一无所知。其实不必深思，从日常生活就可以明白，我们是为别人而活的。首先是为一些与我们息息相关的人，这些人的喜悦与健康牵系着我们的全部幸福。然后是一些我们并不认识的人，这些人的命运通过同情心的纽带和我们紧密相连。我每天总是千百次地提醒自己，我的内在的生命和外在的生活都有赖于前人以及今人的劳动。因此，我必须尽力付出，做出相应的回报。我十分向往简朴的生活，而且我经常有这种念头，为自己过多地占用了别人的劳动成果而感到不自在。我认为阶级划分是违背正义的，它最后必将导致暴力。我还相信，无论是在身体上还是在精神上，简朴的生活对每个人都有好处。

我完全不相信人类会有那种哲学意义上的自由。每个人的行为不仅受到外界的影响，也遵从自己内心的需要。叔本华曾经说过："一个人可以按照自己的意志行事，但是不能按照自己的意愿去主宰意志。"从我青年时代起，这句话就一直鼓舞着我。在我面对人生的种种困难之时，这句话一直充当着我心灵的慰藉和宽容的源泉。这种体会是不幸中的万幸，它可以减轻责任感带给人的无力感，还可以矫正我们的态度，不至于把自己或者他人太当一回事。

从客观的角度来说，我认为追究一个人或者一切生物存在的意义或者目标是一种愚蠢可笑的行为。但是，每个人都有自己的理想，指引着他为之努力，做出判断。从这个意义上说，我从来没有把安逸和享乐看作是生活的终极目标。在我看来，这种伦理基础应该是猪的理想。有一种理想照亮了我的道路，不断地给予我乐观面对生活的勇气，它就是真、善、美。如果没有与志同道合之人的深厚情谊，如果不是全情投入于探索艺术和科学研究领域中客观的永恒的存在，生命之于我就是空虚的。大多数人追求的目标——财产，外在的成就，奢侈的生活，在我看来都是可鄙的。

我有强烈的社会正义感和社会责任感，但是显而易见的是，我也享受自由，不喜欢受到与他人和社会进行直接接触的要求的约束，于是这两者便形成了一种古怪的对照。我生活在自己的小世界里，从来不曾全心全意地属于我的国家、我的故乡、我的朋友甚至是我的家人。在这些关系面前，我顽强地保持一种超然的感觉，而且我需要独处，这种感觉随着时间越来越强烈。人们都清楚地意识到，互相理解以及与同伴产生共鸣是有限度的，所以并不为此感到惋惜。无疑，这种人已经在某种程度上失去了和蔼可亲的气质和天真无邪的心境。但是另一方面，他非常地独立，不为别人的意见、习惯和判断所左右，也不会不掌握充分的事实基础就表明自己的立场。

我的政治理想是民主。让每一个人都作为个人受到尊重，而不让任何人成为个人崇拜的对象。我自己受到了大家过分的赞扬和尊敬，对于我这样一个无功无过的人来说，这真是命运的嘲讽。其中的原因大概是人们渴望理解我的几个想法，这些想法是我通过一己之力不断地探索得来的，而很少有人能够实现这个愿望。我清楚地知道，任何复杂的事业要想成功，必须有一个人进行思索，指挥行动，全面负责，但是这个领导者不是被强迫的，而是由大家选出来的。在我看来，强迫的专制制度很快就会腐朽堕落，因为暴力只会招引道德败坏的人。我相信天才的暴君总是由卑鄙之人继位，这是一个亘古不变的规律。因此，我总是强烈地反对至今仍存在于意大利和俄国的那种制度。现在欧洲普遍存在的这种民主形式之所以受到怀疑，并不是因为民主观念本身，而是因为政府高层的不稳定以及选举制度的非人性化。我相信在这一方面美国已经走上了正确的道路。他们选出的总统拥有足够长的任期，并且总统有充分的权力来真正地履行他的职责。另外一方面，在我们的政治制度中，我认为最有价值的是它为帮助患病或贫困的人做出了更广泛的规定。在人类历史的华彩乐章中，我觉得真正可贵的不是政治上的国家，而是富有创造性的、情感丰富的个人，即人格。只有个人才能创造出高尚和崇高的东西，而普通人尚处在迟钝的体验与麻木的思想之中。

说到这里，我想起了人性中最坏的一面，那就是我深恶痛绝的军事制度。一个人能够洋洋得意地随着军乐行进，单凭这一点就足以让我鄙视他。他之所以长了脑子，只不过是上天的失误，实际上他只需要一根脊柱就可以阔步向前了。文明中的这些丑恶都应该被尽快消灭。命令激发的英雄主义，毫无意义的暴力，以及以爱国主义的名义进行的一切害人的胡作非为，所有这些都令我痛恨！在我看来，战争是卑鄙可耻的，我宁愿被千刀万剐，也不愿投身于这种令人作呕的勾当之中。尽管如此，我对人类的总体评价还是很高的，因为我相信，要不是各个民族之间的健康情谊被各种商业和政治利益通过学校和媒体蓄意破坏掉的话，战争这个妖魔早就不复存在了。

我们最美好的体验是探索神秘。它是发源于真正的艺术和科学的摇篮之中的最基本的感情。如果谁体验不到这种感觉，不再拥有好奇心，或者对任何事都不感到惊奇，那么他与死人无异，他的生命的烛光已经熄灭。正是对神秘的探索催生了宗教，尽管在这种探索中夹带着人类的恐惧之情。我们发现有某种我们不能洞察的存在，我们认识到了某种最深奥但却最灿烂的美，这种美只有在其最原始的状态下通过人类的理性才能感受到，正是这些发现和认识构成了真正的宗教态度。从这个意义上来说，而且只能从这个意义上来说，我是一个笃信宗教的人。我无法想象一个对自己的创造物进行奖惩的上帝，也不能想象一个和我们有着同样的知觉和意识的上帝。我也不能理解为什么一个人在肉身死掉之后还能活在世界上，我自己也根本不想体验这种事。这些理论是说给那些脆弱的人听的，他们活在恐惧或者荒唐的自我主义之中。对我而言，能够探索生命的永恒奥秘和现实世界的神奇构造就足够了。我满足于一心一意地去领悟自然界天成的理性，即使我得到只是沧海一粟。

爱因斯坦—泰戈尔谈话录[①]

谈话(一)

泰 戈 尔:听说您最近很忙,忙着研究时间和空间这两个早已有之的实体。而我最近也没闲着,一直在贵国做演讲,演讲的主题是永恒的人性与存在的真实性。

爱因斯坦:在您看来,真理,也即您说的神性,是独立于世界而存在的吗?

泰 戈 尔:不,真理不能脱离世界而存在,换句话说,真理不能脱离人而存在。我们之所以能够理解宇宙万物,乃是因为我们具有无限的人性。事实上,压根就不存在人性理解不了的事物。这也就意味着,所谓宇宙的真理也就是人的真理。

---

① 印度大诗人泰戈尔和德国物理学家爱因斯坦是通过他们共同的朋友孟德尔博士认识的。1930 年 7 月 14 日,泰戈尔来到了位于柏林郊外一座小山上的爱因斯坦的家,与爱因斯坦进行了第一次促膝长谈。这次谈话内容便构成了本文的第一部分。同年 8 月 19 日,爱因斯坦对泰戈尔进行了回访,二位巨匠又进行了一次长谈,这次谈话的内容便构成了本文的第二部分。第一次谈话主要围绕"真理是否能独立于人而存在"展开,第二次谈话,内容则较为庞杂,涉及了物理学、音乐、偶然性和因果律等话题。

爱因斯坦：实际上，对于我们这个世界本性的认识一直存在着两种不同的观点：一种观点认为，世界是依托于人而存在的统一体；另一种观点认为，世界是独立于人而存在的实在。

泰 戈 尔：当宇宙同永恒的人性和谐统一时，我们就说它是真实的，同时也是美的。

爱因斯坦：您说的这些仅仅代表着人类对宇宙的一种看法。

泰 戈 尔：不是一种，而是唯一。说到底，这个世界就是人的世界，有关这个世界的科学观念事实上就是持有这种观念的人的观念。因此，独立于人之外的世界是不存在的，我们所说的世界实际上是一个相对的世界，它的实在性有赖于我们的意识。理性和审美是认识真理的两个途径，而理性和审美的标准也就是永恒的人的标准，后者的感觉同我们普通人的感觉是相通的。

爱因斯坦：按照我的理解，您所说的“永恒的人”实际上指的就是人的本质，是吗？

泰 戈 尔：是的，就是人的本质。这个本质是一个“高高在上者”，“他”没有我们普通人身上所固有的那些局限，而唯有通过情感的活动我们才能认识“他”。科学的使命就在于去研究那种不受限于某个具体个体的永恒性，去探索与人相关的普遍真理。宗教是通向真理之路的纽带，它将真理同我们内心的需要联系了起来。如此一来，我们对真理的认识便具有了普遍的意义。宗教赋予真理以价值，通过宗教我们不仅能认识真理，而且能体验到与真理的和谐。

爱因斯坦：您的意思是说，真和美都是不能脱离人而存在的？

泰 戈 尔：是的。

爱因斯坦：按照您的逻辑，如果有一天人类不存在了，贝耳维德勒的阿波罗雕像也就不再是美的了？

泰 戈 尔：是的。

爱因斯坦：我想，这种逻辑只适用于美，而不适用于真理。

泰 戈 尔：为什么不适用于真理呢？真理也是通过人才能被发现和认识的呀！

爱因斯坦：我也不知道为什么，但我就是这么认为的。

泰 戈 尔：美存在于完美和谐的理想之中，而完美和谐的理想又存在于普遍的人性之中。真理就是人类对宇宙普遍精神的完美理解。我们努力探索，不停犯错，然后又不停地总结经验，不断地获得启发，而这，正是我们认识真理的必由之路，舍此别无其他。

爱因斯坦：我还是赞同毕达哥拉斯所说的，即：真理是独立于人而存在的，尽管我无法向您证明这一点。

泰 戈 尔：真理作为一种普遍存在，在本质上必然是人的真理。若非如此，我们这些具体的个人所认识到的真实的东西就永远都不能被称作"真理"，至少不能被称作"科学真理"，因为后者是借助人的大脑通过逻辑的推演而获得的。我们印度教认为，存在"梵"(Brahman)这么一个实体，并将其作为世界最高的存在和一切事物的主宰，也就是"绝对真理"。这个"绝对真理"是超越人类感觉经验的，它不能通过逻辑来认知，也不能用语言来表达。要想认识并抵达这种真理，就必须将个体的"我"融化于作为宇宙终极原因的无限中。这同时也就意味着，这种真理必定不是科学真理。而我们现在正在讨论的真理，实际上只是一个外在的表象，之所以说它是人化的，那是因为它在人类看来是真实的，我们可以将之称为"玛雅”(Maya)或是“幻觉”。

爱因斯坦:照您这么说,抑或按照印度哲学的看法,我们不是同哪一个个体的“幻觉”发生关系,而是同整个人类的“幻觉”发生关系喽?

泰 戈 尔:所有物种都属于同一个统一体,即都同属于人类。因此,真理是被整体上的人类所认识的。无论是印度人还是欧洲人,他们在认识真理的道路上都是一体的、共同的。

爱因斯坦:在德语中,“物种”这个词泛指全人类,包括猿猴和青蛙这类动物。

泰 戈 尔:在进行科学研究时,我们抛却个人的思想偏见和局限的影响,恪守严谨的科学精神,这样我们便能发现并理解存在于普遍人性中的那个真理了。

爱因斯坦:问题是,真理是否独立于我们的意识而存在,这才是关键所在。

泰 戈 尔:我们所说的真理,存在于现实主体与现实客体的和谐之中,而后面这二者又同处于超级人性这个统一体中。

爱因斯坦:远的不说,单就我们的日常生活来看,我们便不难发现,我们日常使用的每一件物品都是独立于我们而存在的。唯有承认了这种独立存在性,我们关于现实的感官经验才能得以成立,换句话说,我们才能理清各种实在之间的相互关系。比如,现在房间里有张桌子,即便我们离开了,这张桌子还依然留在这个房间里,不是吗?

泰 戈 尔:您说得没错,桌子是独立于我们而存在的。但你我的意识不同,对这同一张桌子的认识也就不同。

爱因斯坦:真理是独立于人类而存在的,虽然我们还无法证明或充分解释这一点,但至少有一点是确定无疑的,那就是:我们每个人对现实的认识都必须以这种观念作为基础，甚至连原始人也不例外。我们必须认识到，真理具有不以人的意志为转移的客观性，它独立于我们的存在、经验和意识之外，虽然我们尚不清楚这种客观性究竟是怎样的一种东西。

泰 戈 尔：科学已然证明，桌子作为一种实体，只是一种外在的表象而已。倘若不存在对桌子的那种意识，那么“桌子”这种东西便不复存在。同时，我们还必须注意到另外一个不容驳斥的事实，那便是：物理现实就其本质来说不是别的而正是一堆运动着的电子流，从这个意义上说，这同人的意识是一致的。认识和掌握真理的过程，实际上就是人类有限的理智同绝对真理即那个最高的存在不断冲突并逐渐向其靠拢、不断与其“握手言和”的过程。这一过程不仅发生在科学领域，也发生在哲学和伦理学领域。倘若真的存在一种与人类毫无关联的真理，那它也就失去了被探索的意义。不难想象这样一种现实的存在，即：事物是连续的，它不是存在于空间之中，而是像音符那样存在于时间之中。如此一来，所谓实在就是一种在时间中的存在，它抛弃了毕达哥拉斯的那种几何学，从而向音乐靠近。纸是一种存在，文学也是一种存在，然而这两种存在却有着本质的不同。对于喜欢以纸为食的飞蛾来说，文学是没有意义的，因而也是不存在的；而对于人来说，文学的价值则远远大于纸的价值。同样，倘若存在一种真理，它同我们人类既没有感性上的联系又没有理性上的联系，那么这种真理对我们来说就是没有意义的，因此实际上也就是不存在的。

爱因斯坦：按照您这个说法，我可是要比您更有宗教情感啊！

泰 戈 尔：将自己融化在超级人性中、融化在永恒的人的精神中并不断向其靠拢，这便是我的宗教。

谈话（二）

泰 戈 尔：今天，我和孟德尔博士聊到了数学上的一些新发现。从这些新发现中我们得知，偶然性在极其微小的原子世界中扮演着某种特定的角色，而存在的大戏也绝不是事先就由性格决定好了的。

爱因斯坦：在自然界中，偶然性的确存在，但这并不意味着因果律就不再发挥作用了。

泰 戈 尔：因果律或许还在发挥着作用，但它似乎已不再居于主导地位，维持宇宙秩序的则是其他某些力量。

爱因斯坦：人类一直想搞清楚宇宙在更高层面上是如何运作的。要做到这一点并不难，因为宏观层面很容易被观察到，组成世界并维持世界存在的宏观元素一目了然。然而，若想从微观层面探究宇宙的奥秘就不是那么容易了，因为微观元素是不易被觉察的。

泰 戈 尔：由此看来，宇宙中有两种存在，一方面是生命冲动，一方面是自由意志，他们相互作用，相互影响，共同决定了宇宙万物的存在秩序。

爱因斯坦：在现代物理学看来，您讲的这两个方面并不是相互冲突的，它们实际上是同一事物的不同表象而已。譬如一朵云彩，从远处看它的确是一朵有着特定形状的云彩，然而靠近了看，那不过是一堆毫无秩序可言的水滴。

泰 戈 尔：我发现，在人的身上也存在这种两重性。一方面，我们的内心涌动着强烈的欲望和如火的热情；另一方面，我们的意志却压制着这些欲望的爆发，从而使我们的心理处在和谐的状态，达到某种平衡。爱因斯坦先生，请问物理世界也存在类似的现象吗？某些元素是否也是躁动不安、蠢蠢欲动的呢？如果是的话，那么有没有一种原则是能够克制住这种冲动，将其纳入有秩序的组织中的？

爱因斯坦：物理世界中并不存在您说的这种现象，其中的每种元素都遵守着某种特定的秩序和规律。就拿放射性元素镭来说吧，它一直都在按照自己特定的秩序存在着，过去是这样，现在是这样，将来还是这样。

泰 戈 尔：说得也是，不然，世界的存在也就太凌乱了。然而，正是由于偶然性与必然性的相互制衡，世界才处在一个持久的和谐状态并历久弥新、生生不息。

爱因斯坦：无论如何，我们是逃脱不了因果律的控制的。事实上，这并不是什么坏事，糟糕的是，我们不知道这种因果律究竟是什么。

泰 戈 尔：幸好人身上也存在着类似自然界的那种弹性。我这里所说的弹性指的是某种小范围内的自由，有了这种自由，我们便能自由地表达自我，充分地展示我们的个性。这有点像我们印度的音乐。我们印度音乐不像你们西方音乐那样具有严谨的结构和固定的范式。在我们那里，作曲家在谱曲时，只会勾勒出一个大概的框架，并确定好特定的旋律与节奏。这就给演唱者提供了发挥的机会，利用这个机会，演唱者可以在一定限度内进行即兴创作，表达自己的即兴感受和音乐情感。当然，他不能脱离作曲家定好的旋律。我们赞美作曲家，因为是他的天才创作为整个乐曲打下了坚实的结构基础并赋予它优美的旋律。然而我们更赞美那些富有创造性的演唱者，因为他们借助自己的技巧，创造出了具有装饰效果的旋律变奏。这个例子告诉我们，虽然我们受制于某种铁定的规律，但我们依然有一定的创造自由。只要我们乐于尝试并确保不离那个规律太远，我们便能在有限的自由内充分地展现自我，表达自我。

爱因斯坦：你们有一个好的艺术传统，你们的音乐可以用来引导人民的心灵，这为你们展现自我创造了机会。然而在欧洲，要做到这一点就比较困难了。欧洲国家的音乐已越来越远离大众，越来越远离大众的情感，它封闭在自己固有的传统和规矩里，成为了一门小众艺术。

泰 戈 尔：是的，你们的音乐体系太过繁琐了，更糟的是，你们还必须严格服从于它。在我们印度，歌手具有充分的创作自由，他完全可以在一首音乐作品里施展出自己的个性。倘若他具有足够的创造力，他完全可以按照自己的方式和风格去演绎和诠释作曲家的作品。

爱因斯坦：能做到这一点真的不简单，演唱者只有具有高超的演唱技巧和丰富的想象力才能对原有的作品做出恰当的变奏处理。在我们国家，所有变奏通常都是预先设定好的。

泰 戈 尔：只要我们能严守既定的法则，我们便能拥有表达自我的真正自由。法则虽然是既定的，然而经过个性化的创造之后，这些法则却变得越来越真实、越来越具有活力了。自由与秩序的双重性在我们国家的音乐中表现得非常明显。

爱因斯坦：你们在创作歌词方面也有许多自由吗？我想问的是，歌手在演唱时可以往歌曲里加词吗？

泰 戈 尔：是的。在孟加拉，有一种叫 Kirtan 的歌，歌手在演唱这种歌时，可以向其中添加原曲里没有的字词段句。每每听到歌手们如此美妙的即兴创作，听众们都会兴奋不已，整个场面也顿时变得热闹起来。

爱因斯坦：要保持押韵吗？押韵的要求非常严格吗？

泰 戈 尔：是的，非常严格。在即兴加词时，你不能超出原有韵律的限制，所有变奏都必须保持既定的节奏和时间长度。你们西方音乐在时长上有着一定的弹性度，但在旋律上却没有变通的自由。

爱因斯坦：在印度，所有音乐都必须配词而唱吗？如果没有了歌词，你们印度人还能理解一首歌曲吗？

泰 戈 尔：完全可以。有时，我们会往歌曲中加入一些没有意义的字词，由于这些字词有声无意，所以往往起到接续音符的作用。在北印度，音乐完全是一门独立的艺术，这跟孟加拉较重于言词和思想的传达截然不同。在北印度，音乐是一种脱离了歌词而独立存在的艺术，它精致细腻，美妙绝伦，完全是一个纯旋律的世界。

爱因斯坦：有复调吗？

泰 戈 尔：乐器是有的，但不是为了制造和声，而是为了保持时间感，并增加音域与深度。你们的音乐是不是常常为了强调和声而牺牲了旋律呢？

爱因斯坦：是的，的确有这种情况。有时，和声甚至将旋律湮没吞噬了。

泰 戈 尔：和声与旋律就像绘画中的色彩与线条。单是几条简单的线条便能成就一幅美丽的画作，然而，加入了色彩之后，整幅画的美感或许就被破坏了。不过，只要运用得当，彼此互不牵制影响，线条和色彩的配合是完全可以创作出伟大的作品的。

爱因斯坦:您的这个比喻实在是太精彩了,而且人们对线条的应用要比对色彩的应用来得早得多。仅就结构而言,你们的音乐也远比我们的音乐丰富,日本音乐好像也是如此。

泰 戈 尔:很难说东方音乐和西方音乐孰优孰劣。在我看来,西方音乐结构宏伟,气势磅礴,具有史诗般的气质,我曾为这种音乐深深折服。相比之下,我们国家的音乐则显得温婉细腻,纤柔润滑,它常常给我带来更深的触动。

爱因斯坦:这个问题我们欧洲人也很难回答。我不知道我们欧洲音乐究竟是遵循传统惯例而存在,还是它懂得人间悲欢,表达了人类最基本的情感。同样地,我不知道对和谐与不和谐的感知究竟是人类的天生本能,还是我们后天所继承的传统。

泰 戈 尔:不知怎么的,我对钢琴竟没有多少好感,反而对小提琴情有独钟。

爱因斯坦:倘若一个印度人在年轻的时候从未听过欧洲的音乐,而现在我们则将他引入欧洲的音乐殿堂,以此来观察欧洲音乐对他的影响,我想这项研究一定会十分有趣,它或许能给我们带来意想不到的收获。

泰 戈 尔:我曾经向一位英国音乐家求教,让他帮我分析几首古典乐曲,并指明其中的美感元素。

爱因斯坦:问题是,真正优秀的音乐,无论是东方的还是西方的,是无法被分析的。

泰 戈 尔:您说得一点没错。音乐中那些打动我们的东西是我们难以理解的。

爱因斯坦:同样不确定的还有我们基本的日常经验以及我们对艺术的具体感受。无论是在欧洲还是在亚洲,情况都是如此。就拿摆放在您桌上的这朵红花来说吧,它带给我的感受与它带给您的感受不可能绝对相同。

泰 戈 尔：是的，但两者之间也不是没有共通之处。毕竟，个人的审美趣味要服从普遍的审美标准，直至与其融合，这个过程一直都是存在的。

道德与情感

外在的经历和内心的体验告诉我们，人类有意识的行为皆缘于其内心的恐惧和各种欲望。直觉告诉我们，任何人以及任何高级动物均是如此。逃避痛苦和死亡，追求快乐和满足，这是人类生活永恒的主题。我们内心涌动着各种欲望和冲动，我们受到这些欲望和冲动的驱使，做出了各种各样的行为，而这些行为总体上都是出于人类自我保存的需要。饥饿、恐惧、爱恨情仇，这些都是存在于我们每个人体内的内在冲力，是人类进行自我保护的本能。同时，作为社会的一员，我们每个人还与其他人发生关系，于是便有了同情、怜悯、仇恨、骄傲、权欲这类情感。这些情感都是人类最原始的冲动，虽然它们很难用语言来描述和形容，但它们却是决定人类行为的不可抗拒的力量。倘若这些原始的力量不复存在了，相应的人类行为也便会荡然无存。

虽然从外在的行为来看，人与高级动物有着很大的不同，但是从原始本能来看，两者却是非常相似的。然而，再高级的动物也无法同人类相提并论。两者最明显的区别就是，人类是具有丰富想象力和强大思考能力的。同时，由于人类拥有复杂的语言体系和其他象征符号作为表达的工具，这就大大加强了他的想象力和思考能力。对人类来说,思想是一个发挥着组织作用的纽带,它介于作为原因的原始本能和作为结果的行为之间。就这样,想象力和智力便进入了人类的生活,成为服务人类原始本能的婢女。然而,想象力和智力并没有仅满足于原始本能所提出的直接要求,而是向距离原始本能更远的目标发出了信号,并与之建立了联系。本能将思想引入行动,思想则激发了作为中介的行动;正像每一个终极目标的背后都有强烈的情感作为支撑那样,每一种中介行动周围也都活跃着情感的身影。上述这个过程不停上演、反复发生,天长日久,便使得观念和信仰获得了一种强大的黏附力。这种黏附力是如此之强,以至于当赋予其力量的那个目标业已消失或被遗忘很久之后,它们依然能留存下来甚至永远留存下去。我们偶尔会遇到这样一种情形:一件物体已失去了原有的存在意义,而当初附着于该物体的强烈的外借情感却还在。原始拜物教就是最典型的例证。

上述这个过程在我们日常生活中也同样扮演着重要的角色。实际上,这个过程正是情感和思想升华的过程,它是人类所能获得的更高层次快乐的源泉,它集中体现在人类对美和艺术的创造中,体现在人类对逻辑思维的演练中。

所有的道德训谕都面临这样一个最基本的命题,即:倘若我们每个人都臣服于自己的原始本能,处处只为自己着想,那么整个人类必将迎来悲惨的命运,等待我们的将是恐惧和不安全感;倘若我们也如此自私地利用我们的理智,将自我独立于他人之外,并误以为这样就可以过得幸福,那么这无异于是痴人说梦,其后果也不可能比前面那种情况更好。是啊,与人类其他的原始本能相比,爱、怜悯、友谊这类情感简直太微弱了,留给它们的生存空间实在太小了,它们还不足以支撑起一个令人满意的人类社会。

也许有人会不假思索地说:要解决上述这个问题,其实很简单嘛！第一步，先建立起一套能在最大程度上给所有人带来安全感和满足感同时又能最大程度减少人们痛苦的原则；然后，再用这些原则去指导和规范人们的行为，要求他们按照这些原则行事。这样，便可以解决问题了。这个办法听起来很耳熟，它似乎是过去的先贤们曾经表达过的主张。

很明显，这个主张过于模糊，以至于我们都无法从中抽取出可用于指导个人行为的特定原则，更何况这些特定原则还必须与时俱进，随外界环境的变化而做出改变。然而，这些还不是真正的困难所在。倘若困难仅限于此的话，远古时代的人要远比现在的人幸福得多了；倘若果真如此的话，数千年来人类就不会互相欺骗、互相残杀了，也不会出现剥削现象了。

真正的困难在于，我们如何才能保证我们所主张的那些伦理道德能在人类的情感生活中发挥强有力的作用，而不至于被人类最原始的本能压扁或湮没。这个问题也是数千年来一直困扰着我们先贤的问题。当然，我们并不知道他们是否真的明确地问过自己这样的问题，但可以肯定的是，他们曾努力尝试着解决这个问题。

原始社会时期，人类尚未遇到类似今天这样的普遍的道德问题。那个时候，由于生产力极其低下，人类面临来自自然界的诸多威胁，经常处于危险之中。当时的人们发现，自然界存在着某种神秘的力量，这种力量让他们心生敬畏，但更多的则是害怕。由于对自然现象缺乏了解，他们就在想象中把这些力量归因于各种各样看不见摸不着的个体。他们认为，支配着他们命运的这些个体有着同他们一样的外观，唯一的不同就是前者被赋予了超人般的能力。这就是人类关于上帝的最原始的观念。正是出于对某种未知力量的恐惧，人类才发展出有关"超自然力量"的观念。人们相信这种超自然力量及其背后的主宰者的存在，这种信念对人类影响之大已远远超出我们的想象。由此看来,当初人们考虑建立统领所有人的道德观念时会把它从宗教联系起来,这也就不足为怪了。提出一套道德理念,这些理念对所有人都发挥着同样的作用,具有同样的意义,这种做法在人类宗教从多神论发展到一神论的过程中或许起到了至关重要的作用。

一方面,道德观念与宗教的联姻使得道德观念具有了极强的心理作用力;另一方面,二者走得太近又给道德观念带来了致命的影响。就一神教来说,虽然在世人眼中世界只存在唯一的一个神,但这个神究竟是怎样的,不同的民族、不同的群体却有着不同的看法。尽管这种不同并不是根本上的不同,但它们很快就超过其相同的本质而为世人更强烈地感觉到了。于是,冲突便出现了,宗教在世人之间引起了敌意,而没有通过普遍的道德观念将人类紧密地团结在一起。

后来,随着自然科学的发展,无论是人们的思维方式还是人们的实际生活都发生了巨大的改变,各个民族的宗教情感被进一步削弱。强调因果关系和客观精神的科学思维大大淡化了世人心中的宗教意识,尽管这两者之间并不存在必然的冲突。受此影响,原本与宗教保持着亲密关系的道德情感和道德思想也在过去的一百年里日渐式微。在我看来,这正是野蛮政治在当代横行当道的主要原因,它与威力无比的新技术一起共同给人类文明带来了致命的威胁。

不用说,看到宗教在为实现道德理想而卖力,我们当然感到高兴。然而,道德绝不仅是宗教和教会的事情,作为整个人类最宝贵的遗产,它与每个人、每个行业都休戚相关。可是,现实却让我们倍感失望。看看新闻界吧,看看我们的学校吧。在这两个地方,效率被奉为圭臬,成功受到顶礼膜拜,而道德理想以及与此有关的价值观念却被冷落一旁。与此同时,在经济领域也出现了道德滑坡的现象，为了在竞争中获得有利地位，人们之间相互倾轧、相互排挤。面对如此严峻的形势，我们不能无动于衷，坐以待毙。所有宗教界以外的人士都应该警醒起来，努力培养道德意识，积极地去面对和解决社会问题，为人类更美好的明天贡献自己的一份力量。值得一提的是，履行道德责任并不意味着就要完全放弃个人的乐趣。诚然，它的最终目的是在于增进整个人类的福祉，然而就个人而言，个人也会因为服务他人而获得更多的快乐。

要更好地服务社会服务他人，个人就必须拥有更高的本领，而这就向我们的社会提出了一个无比重要的要求，即：我们的社会应该为每个人提供发展其潜力施展其才能的机会。唯有如此，个人才能获得最大的满足，社会才能取得最大的繁荣。此外，个人还应该被赋予行动的自由，唯有如此，鼓舞人心的伟大发现才可能出现。除了出于保护人类生存安全的需要之外，任何情况下都不能限制个人的自由。

倘若上面这些是我们一致认可的，那么下面这一点也就是理所应当的，即：我们应该尊重不同个体、不同族群之间的差异，对这些差异表示欢迎，因为正是它们的存在才使人类变得无比丰富。这才是真正的宽容，这才是所有宽容的真正要义所在，没有了这种最广泛意义上的宽容，真正的道德便无从谈起。

由此看来，道德并不是一个固定、僵化的体系，它只是一个立足点，借助这个立足点，我们可以而且应该对生活中出现的问题进行评判。它是个永不会被完成的任务，它一直在激励着我们的行为，指导着我们的判断。

同样的劳动，同样的付出，却得不到同样的报酬；一个国家，仅因为自身尚未受到军事上的威胁而拒绝参加可以为全世界带来安全与和平的国际机构的组建；当无辜的人们正在受到迫害、惨遭杀戮时，世界其他地方的人却袖手旁观，摆出一副漠不关心的样子……

试问，一个心中充满道德感的人，会对上述这些现象无动于衷吗？

上述这些现象值得我们每个人深思。

论自由

在我看来，围绕基本的价值判断展开泛泛的辩论，这绝对是一件吃力不讨好的事。打个比方说，现在有人认为有必要将人类从地球上灭除并将此作为自己努力的目标，你虽然不能同意他的这个看法，但也无法有理有力地反驳他。不过，如果我们先圈定出能为世人普遍认可的价值和目标，然后再就这些价值和目标谈谈实现它们的具体办法和途径，那么我想我们肯定不会像做前面那种事一样失望而归。现在，我手头就有两个这样的目标，我将它们列于此，我相信凡是看到它们的人都会对它们表示认同。这两个目标是：

1. 必须不断提高生产效率，力争以尽可能少的人力付出生产出能满足人类生存和生活需要的商品。

2. 生理上的满足是舒适生活必不可少的前提条件，然而仅仅获得生理上的满足还远远不够。为了获得更多的快乐，人类还必须提高心智，发展审美能力，而一个人在这方面究竟能达到什么样的水平，这取决于这个人具有怎样的特质和能力。

要实现第一个目标，我们就必须不断地吸收新知识，努力掌握自然界的规律和社会发展的规律。这正是科学在努力做的事情。

科学上的事情是整个自然界的事情，从而也是全人类共同的事情。科学上的一个发现常常能影响到另一个发现，科学上一项成就的取得也常常能影响到另一项科学成就的取得。这就意味着，科学界人士必须有表达意见、发表看法的自由，所有的科学发现和研究成果都能在科学家之间共享。唯有如此，人类的科学事业才能不断取得进步。我所谓的科学上的自由，指的就是表达科学意见、交流科学看法的自由，我们的国家应该为这样的交流创造条件，并确保发表意见的人不至于因言获罪、因言受损。拥有交流上的自由，这是人类获得新知识、取得科学进步必不可少的条件，因而具有重要的意义。首先，我们要从法律上保障这种自由。然而，单单是法律还无法保证人们拥有这种自由。若是想让人们能自由地发表意见而不会因言获刑，整个社会就必须懂得宽容。与此同时，要想充分地获得这种外在的自由，我们就必须不辞辛劳，坚持不懈，不断地提高我们的科学思维以及总体上的思考能力和创造性。

要实现上述第二个目标，也即要取得精神和智力上的发展，我们就必须拥有第二种外在的自由。这种自由便是：人类不必为取得生活必需品而疲于奔命，以至于连从事其他活动的时间和精力都没有了。若是没有了这种自由，那么思想或曰言论的自由也就失去了意义。科技上的进步以及合理的劳动分工为我们取得这种自由提供了可能。

科学要获得发展，精神文明要取得进步，除了要有上述的外在自由作为保障之外，还要有另外一种自由作为支撑，我把它称作“内在的自由”。这种自由摆脱了权威的束缚，消除了社会偏见的影响，同时在思维方式上又不循规蹈矩，不落窠臼。这种自由是造物主赐予人类的罕见天赋，它值得我们每个人去争取，去拥有。在这方面，我们的社会可以有所作为，至少它可以管住自己，不去干涉这种自由的发展。学校在这方面也扮演着重要的角色，权威的影响以及施加在年轻人身上的过多的精神负担都会扼杀这种自由的发展。相反，倘若学校能够鼓励创新，鼓励独立思考，那么这种自由的获得就有了保障。总之，我们要持之以恒地、有意识地追求外在的自由和内在的自由，唯有如此，我们的思想才能得到发展，我们的精神才能臻于完美，也唯有如此，我们的外在生活和内在生活才能得到改善和提高。

人生的意义

人类的生命意义何在？或者说，所有生物的生命意义何在？要想回答这个问题，就意味着要有宗教信仰。你问，提出这个问题究竟有什么意思？我说，如果一个人认为自己的生命和其他人的生命是无意义的话，那么他不仅是一个不幸的人，而且他根本就不值得享受生命。

关于财富

有一点我深信不疑，这便是：世界上没有哪一种财富能够帮助人类进步，即使这些财富掌握在最热衷于进步事业的人手中。只有伟大并且纯洁的人格榜样才能引导我们产生高尚的思想和行为。金钱只能诱发私心，金钱的所有者抵抗不住金钱的魅力，并且常常挥霍无度。

有谁能想象摩西、耶稣或者甘地手上提着卡耐基[①]的钱袋呢？

① 即安德鲁·卡内基（Andrew Carnegie，1835—1919），美国钢铁大王，世界巨富。

善与恶

那些对人类和人类生活的提升最有贡献的人应该是最受人爱戴的人，这个观点从原则上来说是正确的。但是，如果你进一步问这些人是谁，那么你遇到的困难将不容小觑。拿政治领袖甚至宗教领袖来说，他们的所作所为到底是好的多还是坏的多，往往很难有定论。因此，我非常认真地认为，对人民最好的服务就是让他们去做某种高尚的工作，从而间接地让他们自己也变得高尚起来。这一原则适用于伟大的艺术家，在某种程度上也适用于科学家。要想提高一个人的境界，丰富一个人的本性，靠的不是科学研究的成果，而是对理解的渴望以及创造性的脑力运动。从知识成果的角度去评判《犹太教法典》的价值，这绝对是一件荒唐的事。

人类为什么需要伦理文化

听闻“伦理文化协会”迎来她七十五岁的生日，我倍感高兴，我向你们表示最诚挚的祝贺和祝福。诚然，七十五年以来，你们以及其他有心之士在提高人类道德水平的道路上付出了真诚的努力，做了许多工作，但结果仍不尽如人意。我相信，没有一个人敢说人类今天的道德水准就一定比 1876 年那时高。

那个时候人们普遍认为，随着知识的普及和科学的进步，随着迷信和各种社会偏见的消除，人类一定会迎来一个美好的明天。当然，这种憧憬很重要，它值得每一个有志之士去为之努力和奋斗。而且，在过去的七十五年里，我们的确也取得了不少成就：先进的思想通过文学和戏剧舞台得到了广泛的传播，人们在一定程度上获得了启蒙。然而，知识的启蒙和障碍的消除并不必然带来社会与个人的提高和进步。相反，随着科学的进步，一连串的副作用开始显现出来。在这种情况下，加强全社会的道德建设、提高人们的道德水平就显得越来越重要了。要知道，单靠科学是无法拯救人类的。在我们的教育中过多地强调知识的获取，这必然会催生一种功利主义的倾向，结果势必会影响人对道德价值的追求。过于“务实”的态度就像严霜一样对人际关系构成了致命的威胁，每个人都带着功利的目的与他人交往，人与人之间的关系就像冻冰一样失去了温度和活力。在我看来，上面这种情况给人类造成的威胁远比技术进步给人类造成的威胁要大得多。

道德情操的培养和审美能力的提高更多地是依赖于艺术而不是科学。首先，我们要学会理解我们的同类。而只有拥有了同情心，对他人的痛苦与不幸感同身受，这种理解才算彻底，才有意义。然而，艺术还不是培养道德情感的最重要途径，培养道德情感最重要的途径应该是消除了种种迷信杂质的宗教。从这个意义上说，宗教本应成为教育的一个重要的组成部分才是。然而现实情况却是，宗教被冷落一旁，很少受到关注。

当前，我们正处于一种可怕的政治灾难中，而这与我们疏于伦理的教育和道德的培养大有关系。这实在是不可饶恕的一大罪过。要知道，倘若没有了伦理文化，人类便失去了被拯救的希望。

第二辑　人物素描

在哥白尼逝世四百一十周年纪念会上的讲话

今天，我们欢聚一堂，以感激的心情来追忆和纪念一位科学界的前辈，是他让天文学乃至整个科学从宗教神学和教会权威的束缚下解放了出来，他对西方乃至整个世界所做的贡献是任何人都不能与之比拟的。

早在古希腊时期，就有一些学者认识到了地球并不是世界的中心。然而，在那时乃至后来的很长一段时期内，对宇宙的这种正确认识都没能得到真正的认可。无论是亚里士多德还是以托勒密为代表的古希腊天文学家，都坚持“地球中心论”的宇宙观念，几乎没有人对此表示过任何怀疑。

在当时的条件下，提出日心说并让世人相信这种学说是一件万分艰难的事情。倘若不是拥有罕见的独立思考精神和灵敏的直觉，倘若不是掌握了大量的天文数据（当时这些数据都是很难得到的），要提出并论证这种革命性的学说根本就是不可能的。哥白尼的日心说具有划时代的意义，它不仅为近代天文学的发展铺平了道路，同时也彻底颠覆了世人长久以来的宇宙观。一旦证明了地球不是宇宙的中心，而只是较小的行星之一，人类中心论的妄想和错觉也就站不住脚了。哥白尼通过他的学说和他伟大的人格教导世人，在整个宇宙中，地球和人类只是其中一个微小的分子，人类绝不能自大。

哥白尼不属于哪个单一的国家和民族，而是属于全人类。诞生了哥白尼的那个国家不应该因此而骄傲和自大，骄傲和自大只能证明一个民族的弱小，它必会受到如哥白尼这般拥有独立精神和世界情怀的人士的嘲笑和蔑视。

约翰尼斯·开普勒[①]

通过阅读开普勒的信，我们发现，开普勒是一个生性敏感的人，他对科学有着深挚的爱，对探索自然界的规律有着持续的热情。尽管他遇到了来自内部和外部的诸多困难，但他依然实现了他为自己设定的崇高目标。开普勒的一生都在致力于解决一个双重难题。以恒星为参照，太阳与行星的位置总是处在不停的、复杂的变化之中，这一点不难被观察到。换句话说，人们用心观察、记录到的情形并不是行星在太空中经历的真实情形，而是行星相对于地球在时间的历程中所经历的暂时的变动。

我们从哥白尼那里得知，上述这个说法若是事实，那么太阳就必须被认为是静止不动的，而所有行星，包括地球在内，都在绕着太阳转动。于是便出现了第一个问题，即：如何在地球上以立体双筒望远镜来观察并最终确定包括地球在内的所有行星的真实运动轨迹。这个问题也是开普勒遇到的第一个难题。紧接着便出现了第二个难题，即：这些运动遵循着怎样的规律？很显然，要解决第

① 约翰尼斯·开普勒(Johanns Kepler，1571—1630)：德国天文学家，行星运动三大定律的发现者。

二个难题(假设有解决可能的话),就必须首先解决第一个难题。道理很简单,因为只有先弄清楚了一个物体运动的过程是怎样的,才能再去验证用于解释这个过程的理论正确与否。

借助于一种创造性的灵感的启发,开普勒最终确定了地球运行的真正轨迹,成功地解决了第一个难题。这个灵感是这样的:要想测定出地球运行的轨道,就必须在太阳之外找到第二个定点;一旦这第二个定点确定了,它和太阳一起就可以成为角度测量的参照点,然后通过绘图学和测绘学中经常用到的三角测量法,就可以最终确定地球的真实运动轨迹了。

然而,到哪里去寻找第二个定点呢?毕竟,除太阳之外所有可见物体的运动情况都不为人知。对此,开普勒给出了自己的解答:我们已经精确地知道了火星的运动状况,包括它绕太阳一周所需的时间(即一个火星年);每个火星年的年末,火星都有可能处于宇宙空间中的同一位置。倘若我们能准确把握这一空间点,那么它就可以成为我们要找的可用于三角测量的第二个定点。

借助上述办法,开普勒先是确定了地球在行星空间的真实运动轨迹。同时,由于地球本身也可以被用作一个可用于三角测量的点,所以,通过这个点开普勒又弄清楚了其他行星的运行情况。

就这样,开普勒发现了行星运动的三大定律。开普勒将因为这三大定律而永远为世人铭记。然而时至今日,依然没有人能想象出发现并精确描述这些定律究竟需要多大的想象力和创造力,又需要多少持续不断的辛苦工作。

从开普勒的信件中不难看出,开普勒是在克服了种种困难之后才取得傲人的成就的。他并没有被贫困压倒,也没有因为不为同时代的人(包括那些可以决定其命运的当权者)理解而气馁。开普勒始终把追求真理作为自己的最高使命,而在当时那个时代,他所从事的研究工作随时都可能威胁到他的性命。但开普勒绝不是那种畏首畏尾、唯唯诺诺的人，即便付出生命的代价，他也会公开地发表自己的意见，坚守自己的信仰。尽管如此，开普勒又绝非伽利略那样的好斗之士（直到今天，一些有识之士依然对伽利略当年的那些犀利言辞津津乐道呢）。开普勒是一位虔诚的新教徒，但他对教会的决定并不总是赞成的。正因为此，他一直都被当作一个温和的“异端分子”来对待。

于此我们不难想象，开普勒在从事科学研究时经历了怎样的内心斗争和内在困难。这一点我在文章的开头就已提及了。与贫困这类外在的困难相比，内在的困难却不是那么容易被察觉的。为了获得成功，开普勒必须使自己从传统的观念中解脱出来。这些观念不仅包括建立在教会权威上的宗教观念，还包括当时的人们对自然、宇宙的总体认识以及人们对自我的认识。此外，在科学研究中经验与思维究竟哪个更重要，这也是开普勒必须考虑的问题。

在开普勒那个时代，科学研究中弥漫着一股万物有灵论的气氛，这种气氛最终会将研究引向某种神秘的目的。对开普勒来说，要想有所突破，就必须摆脱掉这种传统的束缚。与此同时，开普勒认识到，倘若没有大量、精确的观测数据作为基础，再缜密的数学计算、再明晰的逻辑推演也无法保证真理的获取。若不是有这种认识，开普勒就不会在科学研究上取得那么大的成就。虽然开普勒从未在公开场合言及他所经历的内心挣扎，但他写的那些信却无意中透露了这些内容。在这些信中，开普勒还特别提到了自己对占星术的看法①以及他所从事的占星活动。这表明他一直在和自己做斗争。

---

① 占星术是以星辰的运行来占卜地球上生命祸福的一门行当。在开普勒看来，这是彻头彻尾的伪科学，他根本就不相信这一套。然而为了谋生，他又不得不从事着为皇帝占星算命的职业。

追忆莫里斯·拉斐尔·科恩[①]

女士们、先生们：

很高兴在这里见到大家。看到还有这么多人没被大都市的喧嚣和时代的洪流湮没，我倍感欣慰。你们举办的这次研讨会充分证明，喜欢思考的人们之间的联系既没有因为时代的自负而受阻，也没有因为死亡的来临而失联。我们最为亲密的那些朋友，他们大都离我们而去了，莫里斯·拉斐尔·科恩最近也加入了这个行列。

科恩是我的老朋友，我对他非常熟悉。他是一个富有责任心的人，也是一个乐于助人的人。他有着独立的性格。我经常和他谈论我们俩都感兴趣的话题，我发现与他谈话真是一种莫大的享受。然而惭愧的是，当有人要求我去对他的精神面貌进行一番描述时，我才发现自己对他的思想并不是那么了解。

为了消除这种尴尬、弥补这个缺陷（哪怕是一点点），我开始去

---

① 莫里斯·拉斐尔·科恩（Morris Raphael Cohen，1880—1947）：美国哲学家、律师、法律学者，他将实用主义和逻辑实证主义哲学以及语言学分析结合了起来。

读他和欧内斯特·内格尔[1]合著的一本书——《逻辑学和科学方法导论》。在读这本书前我感到了一丝的不安——我的时间有限，我害怕自己不能深入下去。然而，当我真正拿起这本书开始阅读时，我却被它深深地吸引了，完全忘却了外部的世界。

几个小时之后我才回到现实中来。于是我便问自己，究竟是什么吸引了我，让我如此着迷。答案其实很简单。书中的结论并不是预定的，也不是现成的，而是通过各种可能性的对比、探讨逐步引出的。如此一来，探索的好奇心就被激发起来了。把这个工作做好后，作者才展开推理，抛出观点，最终将问题阐释清楚。由于作者在写作的过程中充满了对知识的真诚，所以我们能从字里行间体验到作者的思想状态和内心挣扎。这才是真正的大师啊！在我看来，世界上存在着两种知识：一种是无生命的知识，它们存在于书本里；另一种是有生命的知识，它们存在于人们的意识里。只有后一种才是真正的知识，前一种或许不可或缺，但它们只能占据较低级的位置。

---

① 欧内斯特·内格尔（Ernest Nagel，1901—1985）：美国哲学家，二十世纪科学哲学的领军人物。

瓦尔特·能斯特[①]

我这一生交了许多亲密又有趣的朋友，刚刚去世的瓦尔特·能斯特便是其中的一位。能斯特很有趣，每逢在柏林召开物理学方面的会议，他都势必参加，从未错过。他的每次发言都很简短，但同时又确能切中要害。这充分说明，他具有惊人的科学天赋，同时又掌握了大量的事实材料。与此同时，他对某些物理学的实验方法和实验技巧也驾轻就熟，十分精通。有时，能斯特会表现出孩子般的自满与虚荣，并因此而受到同行们善意的嘲笑，但这并不妨碍大家对他的喜欢与钦佩。虽然有时他会固执己见，摆出一副以自我为中心的架势，但更多时候他展现出的都是客观公正的一面，这在整个科学界是十分罕见的。他对事物和问题的本质有着深邃而精准的洞察力，对自然界深层次的相互关系有着真挚的探索热情。要是没有这种热情，他就不会有那么多富有创造性的独特发现，也就不会对本世纪前三四十年的科学研究产生重大影响。

① 瓦尔特·能斯特(Walther Nernst，1864—1941)：德国物理学家，因在热化学领域所做的贡献而获得 1920 年诺贝尔化学奖。

能斯特的研究领域主要是热力学、渗透压力学以及离子理论。这同阿伦尼乌斯[①]、奥斯特瓦尔德[②]、雅各布斯·亨里克斯·范托夫[③]所从事的研究一脉相承，能斯特则是他们这一派中的最后一员。1905年以前，能斯特的研究对象都是限于这些领域和这一派的观念。他的理论装备显得多少有点原始，但他对这些装备的了解却相当透彻。这一时期，他提出了溶解压假说，从热力学导出了电极势与溶液浓度的关系式，即电化学中著名的能斯特方程。此外，在这一时期他还发明了利用惠斯通电桥[④]来巧妙测定电导体介电常数的"零点法"。

这一时期同时也是能斯特一生中第一个获得丰硕研究成果的时期。他在这一时期的主要成就是改善了热力学的研究方法，完成了对热力学的进一步的探索。而这些方法和探索所涉及的原则是早在能斯特之前就已确定了的。循着这样的研究轨迹，能斯特最终遇到了这样一个大难题：已知一个系统在各种状态下的能量，能否由此计算出该系统从一种状态变为另一种状态时所获得的有效功？能斯特发现，仅凭热力学方程还无法由能量差U计算出有效功A。从热力学方程可以推导出，在绝对零度下，A与U的温度必然是相等的。换句话说，在绝对零度下并不引起熵的变化。但这并不意味着我们可以在任一温度条件下均可以由U的值计算出A的值，即便U的能量值或能量差是已知的。要想由U计算出

---

① 斯凡特·奥古斯特·阿伦尼乌斯（Svante August Arrhenius，1859—1927）：瑞典化学家，1903年诺贝尔化学奖得主。提出了电解质在水溶液中电离的"阿伦尼乌斯理论"，研究了温度对化学反应速率的影响，得出了"阿伦尼乌斯方程"。

② 威廉·奥斯特瓦尔德（Wilhelm Ostwald，1853—1932）：德国化学家，因"对催化作用的研究工作和对化学平衡以及化学反应速率的基本原理的研究"而获得1909年诺贝尔化学奖。

③ 雅各布斯·亨里克斯·范托夫（Jacobus Henricus van't Hoff，1852—1911）：荷兰化学家，因"发现了化学动力学法则和溶液渗透压"而获得了首届（1901）诺贝尔化学奖。

④ 惠斯通电桥：又称单臂电桥，是一种可以精确测量电阻的仪器。

A,我们就必须做出一个有关这些增量在低温条件下所发生的反应的假设,即A在低温条件下不再受温度的影响。这个假设就是热力学第三定律,即能氏定理,他是能斯特对理论科学所做的最大贡献。普朗克后来[①]对这一定律做了补充,提出了令人更加满意的判断,即:在绝对零度下,熵消失了。

从有关热力学的较老的一些观点来看,热力学第三定律所要求的物体在低温条件下发生的反应是相当异常的。为了判断这个定律正确与否,就必须大力改进低温条件下的热量测定的方法。在这方面,能斯特贡献了自己的力量和智慧。事实上,高温条件下的热量测定也通过能斯特的努力而取得了很大进步。能斯特凭借自己的过人天赋和持续努力,为从事热力学研究的同时代人和后来者提供了诸多具有启发意义的思想和建议,并由此而把热力学的研究大大向前推进了一步。不仅如此,量子理论也从能斯特的研究中获得了诸多有益的启发,特别是玻尔[②]的原子理论使光谱学成为最重要的研究领域之前,情况就更是如此。能斯特从事的主要是理论化学研究,他的研究方法和结果不仅让学生们获益,也让该领域的专家学者们受益匪浅,其巨大的启迪意义是不言而喻的。从外部来看,能斯特所使用的那些研究方法显得有些原始、粗糙,但实际上它们却是生动活泼、富于智慧的,正是借助这些方法,能斯特对事物内部多层次的相互关系做了深刻的揭示。这恰恰验证了能斯特的聪颖智慧。

能斯特不是一个单一的科学工作者,他还是个多面手。他有着很好的社会判断力,并积极投入到实际生活中,对事物发表自己

---

① 即1911年。

② 即尼尔斯·亨利克·戴维·玻尔(Niels Henrik David Bohr,1885—1962),丹麦物理学家。玻尔以原子结构模型来解释氢原子光谱,并以互补原理和哥本哈根诠释来解释量子力学,从而影响了整个二十世纪物理学的发展。

的看法。他善于从特别的角度将一件有趣的事情说明白，与他交谈，你总是有一种醍醐灌顶的感觉。与他的那些德国同胞不同，他对人对事没有任何偏见。他既不是一个种族主义者，也不是一个军国主义者。他只以客观的结果去评人论事，从不从社会或道德的角度去评判人或议论事。很显然，这是他摆脱了各种偏见的结果。此外，他还对文学有着浓厚的兴趣。一个从事繁重的科学研究工作的科学家还有时间去关注文学，这在整个科学界都十分少见。能斯特是一个富于创造精神的人，在我所认识的人中很少有人像他这样。

悼念保罗·郎之万①

保罗·郎之万的离世让我感受到了沉重的打击，相较于过去这些年我所遭受的种种不幸，这种打击显得尤其剧烈。何以至此呢？保罗·郎之万度过了漫长的人生岁月，他做了许多创造性的工作，取得了令人羡慕的丰硕成果，可谓是功成名就。保罗·郎之万有着强烈的求知欲，对科学问题有着敏锐的洞察力。与此同时，他还有着一颗善良而纯真的心，他善待所有生灵，他为人类的正义事业倾注了自己的很多心血。也正因为此，保罗·郎之万受到了大家的爱戴与尊重。造物主为每个个体的生命都设置了一个期限，当一个生命走到终点时，它看上去就像是一件精美的艺术品，这样的生命难道不值得称赞吗？

保罗·郎之万的离去让我感到万分难过，这种难过异常强烈，它使我体验到一种被世人抛弃后的孤独与凄凉。一个人，既对科学问题有着敏锐的洞察力，又对人类的精神文明保持着持续而热

---

① 保罗·朗之万(Paul Langevin，1872—1946)：法国物理学家，提出了著名的“朗之万动力学理论”和“朗之万方程”。

情的关注，并积极投入到抵制人性堕落的斗争中去，这种人，在任何时代都是凤毛麟角。当这样的人离开人世时，他所留下的空白是我们这些依然活着的人所无法弥补和承受的。

郎之万思路清晰，思维敏捷；他有着超人的直觉，总是很快就能抓住问题的要点。郎之万把这些优秀品质带到了他的讲座中，影响了一代又一代法国理论物理学家。虽然郎之万是一名理论物理学家，但他对实验物理学也很在行，对很多实验方法颇为了解。他对实验物理学提出了许多中肯的批评和建设性的意见，这些批评和意见极大地推动了实验物理学的发展。郎之万以磁性理论和对离子的研究而闻名，他在这两个领域所做的创造性的研究对现代科学的发展产生了决定性的影响。然而，由于他在其他方面投入了过多的时间，这在一定程度上限定了他的本职工作，以至于我们发现，他的劳动成果体现在其他科学家的出版物中的要比在他自己的出版物中的多得多。

我总是认为，要不是别人率先提出了狭义相对论的话，保罗·郎之万本应是这一理论的创建人和提出者，因为他对这一理论的本质方面已有清楚的认识。另外一件令人称道的事是，郎之万对波动力学（即物质波理论）也有着深入的了解。早在路易·维克多·德布罗意[①]提出这一学说、这一学说被发展成为完整成熟的理论之前，早在薛定谔[②]从这种学说中发展出波动力学方法之前，郎之万就对波动力学的基本概念有了认识。现在我还清楚地记得郎之万向我描述这些概念时的那种兴奋与激情，那时我是怀着惊讶

---

① 路易·维克多·德布罗意（Louis Victor de Broglie，1892—1987）：法国物理学家，波动力学创始人，物质波理论的创立者，量子力学的奠基人之一，1929 年诺贝尔物理学奖得主。

② 薛定谔（Erwin Schrödinger，1887—1961）：奥地利物理学家，量子力学重要奠基人。他同英国物理学家保罗·狄拉克一起因为“发现了量子力学的基本方程即薛定谔方程和狄拉克方程”而分享了 1933 年诺贝尔物理学奖。

和怀疑的心情听完他的描述的。

郎之万对我们所处社会的经济制度的缺陷、对我们社会中存在的不平等现象有着清醒的认识，为此他感到深深的苦恼和不安。但他并不失望，他坚定地相信理性的力量，他认为知识可以改变这些缺陷和弊病。他有一颗纯洁善良的心，他认为每个人都应该有理智精神并心怀正义，同时又要懂得自我克制。在郎之万的人生字典里清晰地写着他的人生信条——理性，这一信条不仅能让人获得启蒙，还能使世人获得拯救。他不仅希望人们能在理智和科学认识上获得进步和提高，他更希望人们能过上幸福的生活。为此，他将毕生心血和精力的很大一部分都投入到了促进人类政治进步的启蒙活动中（没有一个有着社会良心和正义诉求的人会从他那里空手而归）。这需要多么大的道德勇气啊！这是一种多么高尚的道德品质啊！也正因为此，郎之万得罪了某些无聊透顶的知识分子，遭到他们痛恨。对此，郎之万并不感到惊讶，他对他们表示理解，没有怨恨他们，因为他天生就是一个善良之人，从不会对任何人怀有怨恨。

能与这样一位知识渊博、心地纯洁的人成为朋友，真是我一生的大幸。为此，我真想对郎之万说：谢谢你，我的朋友！

史蒂芬·怀斯[1]

在我所遇见的为受压迫的犹太人谋福祉以及为整个人类的正义事业做贡献的人中，真正能做到毫无私心的人屈指可数。而就在这为数不多的个体中，史蒂芬·怀斯又是最伟大的一个。为了犹太人能受到公正、友善的对待，史蒂芬·怀斯先生拿出十二分的热诚，付出了巨大的努力，在这方面，没有人能跟他相比。他的整个生命都奉献给了犹太复国主义运动[2]，人们将永远铭记他在这场运动中的战斗身影。他披荆斩棘，踏着先知们的坎坷道路前行；他总是蔑视那种肮脏的妥协，也从未向任何权势淫威低头。无论是对整个世界政坛的污点与丑行，还是对我们犹太民族自身的弱点与不足，史蒂芬·怀斯先生总是毫不留情地给予当头棒喝。他走到哪里，就会把进步和文明带到哪里，他通过自己的行动为人类的文明和进步做出了持久而巨大的贡献。或许有人不喜欢他，但没

---

① 史蒂芬·怀斯(Stephen Samuel Wise，1874—1949)：犹太法学博士，美国犹太复国主义运动领袖。

② 犹太复国主义是犹太人发起的一种民族主义政治运动，其目的在于支持在以色列地带重建“犹太家园”。

有人否认他所从事的事业，没有人否认他是一个值得尊敬的人，因为他们知道，史蒂芬·怀斯之所以以如此大的热情做出如此大的努力，乃是为了使整个人类生活得更幸福、更美好。

在 H.A.洛伦兹[①]墓前的致辞

我以全球德语学术圈尤其是普鲁士科学院代表的身份，同时也以一个后辈学生和衷心仰慕者的身份，站在当今时代最伟大、最高尚之人的墓前。他的天才就是一把火炬，借助这光明，克拉克·麦克斯韦的理论和方法被发扬光大，现代物理学也才有了当前的成就。

他的一生堪称完美，找不到一点瑕疵。他永远是那样的仁慈宽厚，心怀正义，对人对事都体察入微。这些品质使得他无论进入哪个领域都会成为领头羊。他深受众人爱戴，因为他的出发点从来都不是控制主宰而是单纯追求服务他人。他的成就和处世原则会永存下去，继续指引后辈们前行。

① H.A.洛伦兹(Hendrik Antoon Lorentz,1853—1928)：荷兰物理学家，因为“塞曼效应的发现和研究”而与 P.塞曼共同获得了 1902 年诺贝尔物理学奖。

H.A.洛伦兹对国际合作的贡献

十九世纪以来，科学研究逐步走向专业化，这使得一个人很难在保持某一科学领域领先地位的同时又能在国际组织和国际政治领域为公共事务做出有价值的贡献。参与公共事务不仅需要一个人有充沛的精力、独到的眼光和建立在坚实成就上的名望，还需要他能摒弃国界偏见，全心全意为全人类的共同事业献身。这类人才在当今世界屈指可数。但我还没见到有谁能像 H.A.洛伦兹这样兼具以上各种才能的人，有效地促进学术圈的国际合作。要知道从事学术工作的人，他们大多性格独立且坚韧，不会轻而易举地屈从他人的意志，对于别人的领导权威很多时候也只是勉强接受。但洛伦兹个人魅力的非凡之处在于，在他担任主席时，不管成员间的目标和想法习惯有多么不同，他总是能创造出一种融洽的合作氛围。他能取得这样的成功源于他对人对事敏锐的理解力、对语言的精巧运用。除此之外，他给人的感觉是全身心地投入到手头的工作中，他在工作时从来都是心无旁骛。这便是消解学者们倔强顽固的最佳良方。

在战前，洛伦兹对国际合作的贡献还局限在主持学术圈的会议。他主持的会议中最值得关注的是索尔维大会[1]，前两届会议分别于1909年和1912年在布鲁塞尔召开。随之而来的欧洲战争给那些致力于改善全人类关系的人以毁灭性的打击。在战争结束前后，洛伦兹投身于修复战争带来的灾难这一事业上。正是由于他的努力，学术圈和科学圈的友好合作才得以重新建立起来。局外人很难理解这项工作的艰苦性。战争时代积压的怨怼不是那么轻易就能消除的，许多有影响力的人随波逐流，在环境的压力下继续保持着一种对抗态度。洛伦兹就像是一个医生，他所面对的都是那些倔强地拒绝服用苦口良药的病人。

一旦认定某一行为的正当性，他就绝不退缩。战争刚一结束，他就加入了研究理事会的管理机构。研究理事会由战胜国的学者组成并拒绝接纳轴心国的学者和学术团体。他向前迈出的这一步，在轴心国的学术圈引起了极大震动，他通过这种方式扩大了研究理事会的影响，使其成为一个真正意义上的国际学术机构。经过不断的努力，他和其他的正义之士成功地消除了研究理事会那令人厌恶的排外条款。然而，重建学术团体之间的常态合作并取得成效这一目标却依旧没能实现，这主要是由于轴心国学术圈在长达十年的时间中被排除在几乎所有的国际学术会议之外，因而他们养成了高度自闭的习惯。然而，好在有洛伦兹，他心怀激情，带着良好愿望，持续不断地努力着，我们有理由相信这种僵局很快便会被打破。

洛伦兹的贡献还表现在他在国际文化领域中所做的努力。他曾在国际联盟中一个负责知识界跨国合作的委员会中担任职务，该委员会大约于五年前设立，由伯格森担任主席。去年，洛伦兹成

---

① 索尔维大会(the Solvay Congresses)：物理学界著名的国际年会，由比利时企业家欧内斯特·索尔维于1912年在布鲁塞尔创办，会议以邀请世界著名的物理学家和化学家参会而著名。

为该委员会的主席，在巴黎分会的大力协助下，他领导的委员会扮演起了促进各领域知识与艺术融合的中间人角色。践行着“服务而非主导”原则的他，再一次用他那聪慧仁慈且谦逊的人格引领着众人在正确的道路上前行。

愿他的身体力行让这种服务精神就此发扬光大、走向辉煌！

波珀-林科斯①

波珀-林科斯不只是一位出色的工程师和作家，他还是为数很少的能够体现一代人良知的名人之一。他向我们反复强调社会要对每个个体的命运负责，并为我们指明了一条途径，将社会的义务转化为事实。社会或者国家不是他的神像；他认为社会应该给予个人和谐发展的机会，这是社会的职责，唯有如此，社会才有权利要求个体为其牺牲。

① 波珀-林科斯（Josef Popper - Lynkeus，1838—1921）：奥地利学者、作家、发明家。

恭喜佐尔夫博士

我很高兴能够对您，佐尔夫博士，致以我最衷心的祝贺，这份祝贺属于莱辛学院，因为您已是莱辛学院不可缺少的顶梁柱；这份祝贺也属于所有相信科学和艺术应该与广大渴望精神滋养的民众紧密相连的人。

您毫不犹豫地将您的精力投注于一个从未有人获得过荣誉的领域，这个领域需要默默无闻、兢兢业业的工作，符合普通大众文化生活和精神生活的利益。如今，由于各种各样的原因，普通大众的文化生活和精神生活已岌岌可危。对体育运动的过度尊重，对近年来的技术发明所导致的生活复杂化的过于粗浅的印象，经济危机所导致的日益严峻的生存竞争，政治生活的残酷无情，所有这些都不利于人们性格的成熟以及真正文化的获得，所有这些都给我们的时代打上了野蛮、物质和肤浅的印记。文化工作在各个领域的专业化正在日益加深文化工作者和非专家之间的鸿沟，这就使得艺术和科学的成就更难滋养和丰富国民的生活。

但是我们不可以抹杀知识分子与平民大众之间的联系。社会要进步，知识分子要重新发挥应有的作用，科学之花要不生长在贫瘠的沙漠里，必须如此。也正因为此，您，赫尔·佐尔夫，已经为莱辛学院贡献了您的一份力量，我们对此非常感激。我们祝愿您在这一高尚的事业中取得更进一步的成功和更多的快乐。

贺阿诺德·柏林纳[1]七十寿辰

借此机会，我想告诉我的朋友柏林纳和这本杂志[2]的读者，为什么我一直都如此推崇柏林纳本人以及他的作品。平常的训练告诉我们评论需客观，因此但凡涉及个人事务的都应三缄其口，只有在极少数特殊的情况下（比如说现在）才会打破这种惯例。此时我之所以要讲这件事是因为这次不说恐怕日后便没有机会了。

好了，几句寒暄之后，让我们回到主题吧。现如今科学研究的领域不断延伸，每个科学分支的理论知识也日益深厚，可人类思维理解知识的能力仍然非常有限。因此，个人学习不可避免地会局限在一个很窄很窄的范围内。更糟糕的是，由于科学分类越来越专业化，即便是把科学看成是一个粗略的整体来研究也并非易事。这样科学研究无疑会举步维艰，要想与时俱进更是难上加难。这种现象和《圣经》中巴别塔的故事非常相似。无论哪个认真严谨的科学工作者意识到这一现状——自己研究的知识领域越变越窄，

① 阿诺德·柏林纳（Arnold Berliner，1862—1942）：德国物理学家，曾担任德国著名杂志《自然科学》的编辑。

② 指柏林纳编辑的《自然科学》杂志。

都会感到痛苦万分的，这使得原本具有宽阔视野的学者最终下滑到了一个匠人的水平。

我们虽然总被上述问题困扰，多年来却都未曾想办法来解决。但柏林纳就非常勇敢，在德语界他第一个站了出来，着实让人钦佩。他观察到，现有的流行杂志指导一般大众已是绰绰有余；同时他还注意到，我们应该创设一本编辑有方的一流刊物来指导科技工作者，这些人都非常渴望全身心地投入到科学事业的发展中去，急需在科学问题、科学方法、科研结果等方面获得指导，从而形成自己独到的判断。多年来，柏林纳用心钻研、坚持不懈，为我们、为科学做出了杰出的贡献，我们不胜感激。

他邀请了一些优秀的科学家联手合作，并提醒他们注意著文的方式，尽量让那些非科学领域的人们也能读懂。他时常跟我倾诉，为了达到上述目标自己可是绞尽了脑汁。他曾让人们猜过下面一则谜语：什么样的人才是一名合格的科学作者？答：兼有含羞草和豪猪的特点的人。① 柏林纳极其渴望对宽广的科学领域有一个清晰而全面的了解，否则他不可能取得今天的成就。这也促使他编纂了一部物理学的教科书，数年而成。几天前，一名学医的学生对我说："如果手头没有这本书，任凭自己摸索真不知道该如何弄清当代物理学的基本原理。"

有关科学的各种问题、解决方法和研究结果能够得到那么多读者的认可，柏林纳坚持的清晰易懂的文风功不可没。假如没有他这本杂志，当代的科学生活会是什么样我们将无法想象。我们有责任给科学知识赋予鲜活的生命力，其重要性不亚于解决具体的问题。明白这个道理，我们就知道该多么感谢阿诺德·柏林纳了。

---

① 亲爱的柏林纳，请原谅我措辞不检点。我认为，无论多么认真严谨的人，也都是需要开怀一笑的。（原注）

摩西·迈蒙尼德[①]

人们本着和平的精神集聚一堂来纪念一位七个世纪以前的英雄,这种场景是多么难能可贵啊！在这样一个时代,如火的热情和激烈的冲突常常会使大众心中理性和公平的观念日渐模糊,因此,强调和平的精神才显得尤为重要。平日里喧嚣忙碌的生活使人们变得越来越利欲熏心,理智和正义的声音湮没在了周围的喧哗和你推我搡当中。很久以前发生的动乱随着时间的流逝已日渐平息,除了对几个重要人物的回忆之外,我们几乎捕捉不到那些动乱的痕迹。不过那几个重要人物对同时代人以及后代人都造成了深远的影响。迈蒙尼德就是其中一个。

日耳曼蛮族曾一度毁灭了欧洲的古文化,一种新的、更出色的文化生活悄然而至,它一部分来自于犹太教的《圣经》,另一部分来源于希腊的哲学和艺术,这两种截然不同的文化结合在了一起(当时差一点淹没在那一场大浩劫中),标志着我们现代文化的新纪元。从那个时候起,这种文化慢慢发展延伸,这些都直接或间接地

① 摩西·迈蒙尼德(Moses Maimonides,1135—1204):犹太思想家、哲学家,著有神学著作《密西拿托拉》和哲学著作《迷途指津》。

构成了我们现代生活的真实价值观念。

迈蒙尼德就是这些伟人当中的一个，他通过自己不懈的努力将那些理念诉诸笔端，促进了这种新文化的发生，也为它之后的发展铺平了道路。今晚，这些研究迈蒙尼德生平事业和欧洲思想历史的朋友们集聚一堂，他们的钻研可比我透彻得多，让我们来听听他们怎么说。

愿下面一个小时的讲述能够让我们牢记我们文化遗产中爱和尊重的深刻内涵，在经历了痛苦的挣扎之后这些理念历久弥新。我们同现代黑势力斗争以保护这些历史文化遗产，这场较量必将胜利。

反法西斯斗士卡尔·冯·奥西茨基[①]

伟大的反法西斯斗士卡尔·冯·奥西茨基先生，为着全人类的和平而进行了艰苦卓绝的斗争。只有在一战后的德国生活过的人，才能真正明白奥西茨基所遇到的困难和挑战。奥西茨基知道，虽然历经了一战带来的创伤，他的族人依然对战争和暴力抱有留恋。厄运给德国人带来了难以抚平的创伤，长久的战争让德国人理智尽失，道德沦丧。身为一名德国人，奥西茨基希望自己能够帮助自己的同胞，让他们恢复理智，坚守正义。然而，当他真正承担起这份工作时，他才发现，这份工作是那样艰难，那样危险。他不仅没从他的同胞那里获得任何感激，反而还遭到了他们的憎恨、迫害和长久的摧残。可怜的德国人，他们已经被愚昧蒙蔽了双眼。他们对奥西茨基的劝导嗤之以鼻，更没能按照他告诉他们的那样去做，这样，他们便自动放弃了被拯救的机会，进而也对整个世界构成了威胁和负担。

---

① 卡尔·冯·奥西茨基(Karl von Ossietzky，1887—1938)：德国杰出的政治记者和政论家，著名的反法西斯和平战士，1935 年诺贝尔和平奖得主。

奥西茨基是一个伟大而又谦逊的反法西斯斗士，为了世界的和平，他献出了自己的生命。为了纪念奥西茨基及其所从事的工作，为了表彰他对世界和平做出的重大贡献，诺贝尔委员会将1935年诺贝尔和平奖授予了他。这个奖对奥西茨基来说真是实至名归，诺贝尔基金会也将因为这次授奖而名垂千古。一战带来的创伤并没有使德国人从对暴力的迷醉中警醒，放眼世界，诉诸武力的冲动无处不在，战争的威胁依然存在。从这个角度来说，诺贝尔基金会授予奥西茨基和平奖也有着现实的意义。

向萧伯纳先生致敬

当今，能够以独立之精神清楚地看到同时代人的缺点和愚昧之处，同时又能洁身自好不与其同流合污的人，真是屈指可数，少之又少，萧伯纳算是其中的一个。即便是那些少数的几个独具慧眼、对社会现实保持清醒认识的人，在面对人类的顽疾和社会的弊病时，也很难做到不失其热情地针砭时弊、激浊扬清，但萧伯纳做到了。萧伯纳先生以艺术之镜向我们再现了我们所处社会的真面目。他妙语连珠，机智幽默，他的艺术创作吸引了一代人。而这，是只有极少数人才能做到的。今天，我要以十二分的真诚与热情向我们这位时代的文学大师致敬，感谢他在给我们带来欢乐的同时又使我们受到了教育。

圣雄甘地

作为一位民族领袖，他从不仰仗外在的威权来实现自己的领导。他是一位出色的政治家，他既不会要阴谋诡计，也不会依凭任何武力，他的成功完全建立在令人信服的人格力量上。他是赢取过无数胜利的斗士，但他从不迷信暴力，相反，他对任何暴力都嗤之以鼻。他为人谦逊，充满智慧，他意志坚定，性格刚强，他把他全部的精力都献给了改变民族命运、提高人民福祉的伟大事业。他以纯粹的人性尊严对抗欧洲国家的暴行，他总是站在道德的制高点上。

他就是印度著名的民族领袖——圣雄甘地。将来，也许很少有人相信，就是这么一个血肉之躯，曾在这个世界上存在过。

西格蒙德·弗洛伊德

尊敬的弗洛伊德教授：

您对于探求真理的渴望已经达到了超越一切的程度，这着实令人钦佩！您以无可辩驳的清晰性阐明，在人类的心灵中，好战与破坏的本能同爱与生的本能是多么密不可分地紧紧相连。与此同时，在您理性客观、逻辑缜密的阐述中，还折射出了一种深挚的盼望，即实现“使人类摆脱战争而获得身心解放”这一伟大的目标。从耶稣到歌德、康德，所有超越了其所处时代和国家的界限而被尊为道德与精神领袖的人，全都心怀这样的目标，无一例外。尽管这些人在影响人类事务进程方面所付出的努力收效甚微，但他们却普遍地被视作领袖，这岂不是意味深长的吗？

我深信，那些因其取得的成就而被视作领袖的伟人们，即使只是小范围内的领袖，也都在极大程度上为这样的理想所激励着。但是，他们对于政治事件进程的影响却微乎其微。政治这一决定着各国命运的领域，看起来几乎不可避免地要落到暴力且不负责任的那些人手里。

政治领袖或政府之所以拥有他们的地位，部分归因于武力，部分归因于群众的选举，不能认为他们就代表了其各自国家之中道德、智力水平最高的人。如今，知识精英们对于世界各国的历史并无任何直接的影响；他们缺乏凝聚力，因而无法在解决时弊方面起到直接性的作用。在这点上，富有才干、目标纯粹的人——根据其目前为止所做的工作、所取得的成就得以确保如此的人——若是自由联合起来，就能够改变现状。您是否也这样认为？这样的一种国际性的联合会，其成员需要经常交换意见以保持彼此之间的联系。如果这一联合会在报纸上公开表明对于政治问题的态度并由成员签名——在任何场合下责任都归属于签署人，那么它就可能对政治问题的解决产生重大的、有益的道义上的影响。当然，这样的联合会完全可能染上常常导致学术团体堕落的一切毛病，人性存在着缺点，与其紧密相连、不可分割的就是这种堕落的危险。不过，尽管面临这样的危险，我们也应该冒险去努力创建一个这样的联合会，难道不是吗？在我看来，这样的尝试正是当务之急。

如果像我所描述的这种由有声望的知识分子所组成的联合会得以建立，那么无疑，它将一定会尝试动员宗教团体去参加反战斗争；它将给诸多怀有美好心愿、如今却已被意志消沉的顺从态度所麻痹的人们带去支撑。我也相信，由那些如我所述、在其各自行业受到高度尊敬的人们所组成的联合会，对于国际联盟中那些致力于实现创建此类机构这一伟大目标的成员，将给予宝贵的道义支持。

我之所以要向您提出这些建议，而非向这个世界上的其他任何人提出，是因为您没有像其他人那样受到自身主观愿望的蒙蔽，也因为在您中肯的判断背后体现出了您最为真挚的责任心。

悼念居里夫人

在像居里夫人这样杰出、伟大的人物走至其人生终点的时候，我们不能只满足于回忆她对人类做出的贡献，还要关注其道德品质和人格修养。对于一个时代以及整个人类历史来说，杰出人物的道德品质要比其所取得的才智成就更加重要。道德品质和人格修养极大地影响着一个人所能取得的成就，这种影响往往超出了常人的想象。

能同居里夫人相识，实乃我今生的荣幸。在过去的二十年里，我和居里夫人之间保持了一种崇高而纯洁的友谊。在同她的交往和相处中，我深深地为她那伟大的人格而感染而顺服。认识她越久，我就越是能感觉到她那巨大的人格力量，也就越是对之钦佩。居里夫人是个有着坚定意志的女人，浑身上下透露出莫大的力量。生活上她简朴节俭，待人处事上她公正客观，毫无偏见，凡事都能做出精准的判断。所有这些优秀的品质都罕见地集中在了她一个人身上。她把自己看作是服务于社会的仆人，她十分低调、谦虚，从不以傲示人，她的人生字典里也没有“自满”二字。由于社会的不平等和时世的残酷，她经常处在一种被压抑的状态，心中充满了苦闷。正是由于这个原因，她看起来总是一副冷若冰霜的模样，这很容易使那些对她不熟悉的人产生误会。而实际上，她外表的那种严肃性的确不多见，任何东西都无法将之溶解。居里夫人是一个执着的有着顽强毅力的女人，一旦认准了某条道路、某个方向，她就会坚定地走下去，没有任何犹豫，也绝不会妥协。

居里夫人发现了放射性元素镭和钋的存在并成功地将它们分离出来，这是她一生中取得的最大的科学成就，也是她对人类科学事业做出的最大贡献。这种成就的取得不仅有赖于大胆的直觉，更是她几十年如一日坚持不懈、奋斗不息的结果。居里夫人是在极端困难的情况下从事科学研究的，她克服了常人难以想象的困难，这样的困难整个实验科学史都十分罕见。

居里夫人对科学极其热忱，同时她又有着高尚的人格魅力，这些优秀的品质哪怕只有很少一部分存于欧洲的知识分子中间，欧洲的明天都会灿烂美好，无限光明。

追忆马克斯·普朗克[①]

对于一个通过自己独创性的思想而为世界做出重大贡献的人来说，任何外在和后来人的褒奖都显多余，因为对他来说，其所取得的成就本身就是对他最高的奖赏。

尽管如此，追忆那些追求知识与真理的前辈，尤其是这其中杰出的代表，对我们来说依然具有重大意义，也是不可或缺的。这是因为，通过这种追忆，我们不仅可以向世人展现这些前辈所取得的成就，而且还能够将五湖四海志同道合的人们汇聚起来，团结在一起。今天，这么多的同志汇聚一堂，这充分说明，尽管时世艰难、暴力不断，尽管政治压力和政治迫害时有发生，尽管人们处在痛苦与恐惧之中，但我们对真理的追求以及我们所持的真理的标准却丝毫未减。对科学真理的追求是一个纽带，它将不同时代、不同国家的科学家都紧紧地且永久地联系在一起。马克斯·普朗克就是这一追求的代表，他完美地向我们展现了这种追求所能带来的积极

① 马克斯·普朗克（Max Planck，1858—1947）：德国物理学家，量子论的奠基者，1918年诺贝尔物理学奖得主。

影响和正面力量。

希腊人最早提出了原子论的概念，十九世纪的科学家在总结前人经验和成果的基础上对这一概念做了进一步的论证和发展。然而，直到普朗克提出辐射定律，原子的绝对大小才第一次在不依赖任何其他假设的情况下被精确地测定出来。此外，普朗克还成功地证明了不仅物质是具有原子结构的，而且能量也是具有原子结构的。普朗克用常数 h 来描述量子的大小，这就是著名的普朗克常数。

普朗克的这个发现为整个二十世纪的物理学的研究奠定了基础，决定了后来的物理学的发展。没有这一发现，分子与原子理论就不可能被确立，而决定这二者能量转换过程的理论也就无从谈起。不仅如此，它还颠覆了经典力学和电动力学的整个基础，为科学指定了一项崭新的使命，即为整个物理学寻找一种新的概念基础。虽然科学家们已在这方面取得了一些成就，但问题还远远没有得到解决。

悼念保罗·埃伦费斯特[①]

在现在这个时代，经常有这样的事情发生：一些有着高尚品质的人遵循自己的自由意志，选择放弃自己的生命。对此，我们已经不会感到有什么不寻常。但是，这样的选择往往是源于一种无力感，或者至少是不情愿，不情愿面对生活中新生的、更困难的外在局面。还有的人，因为无法承受内心的矛盾冲突，不愿意继续生存下去。就算是在今天，这种事情也很少发生在有着健康头脑的人身上，也许只会发生在那些最高贵、有着最崇高理想的人身上。保罗·埃伦费斯特正是被这样一种悲剧的内心冲突压垮了。如我一样有幸与他熟识的人都知道，这个品格清白无瑕的男人大抵成为了某种良心冲突的牺牲品，而每一个年过半百的大学老师都不同形式地被这种冲突困扰着。

二十二年前，埃伦费斯特从俄国直接来布拉格拜访我。那是我们的第一次会面。那时，身为一个犹太人，他被禁止在俄国的高

① 保罗·埃伦费斯特(Paul Ehrenfest，1880—1933)：奥地利物理学家，其主要贡献是在统计力学领域以及对其与量子力学的关系的研究上，包括相变理论及埃伦费斯特定理。

等教育学院教书，正期待在中欧或者西欧谋一份工作。不过，那次会面中，我们没有过多谈论他找工作这件事，因为，我们所有的兴趣都在讨论当时的科学现状上。两人都意识到，在热辐射和分子过程，也就是关于热度的统计学理论面前，经典力学和电场理论已经败下阵来，找不到走出困境的方法。虽然我们很崇拜普朗克和他的辐射理论，但是我们也清楚地知道他的理论存在的逻辑漏洞。我们还讨论了相对论，他对这一理论抱有一定的质疑，同时也做出了他特有的批判性评论。通过那几个小时的交谈，我们成为了真正的朋友，仿佛拥有着同样的梦想和抱负。从那以后，我们一直保持着亲密的友谊，直到他离开人世。

他在理解理论概念方面有着不同寻常的能力，他能够剥离某个理论的数学外壳，让最基本的观点清晰地呈现出来。这种能力让他成为一位无可匹敌的老师。正是因为这一声望，他才被邀请去参加科学大会，而且在他参与的任何一次讨论中，你都可以体会到他的清晰和精确。他反对模糊不清和烦冗遁词。必要时，他也会说出很尖刻甚至极其无理的言语，某些话语甚至可以理解为自负。可是，他的悲剧又恰恰是因为他缺乏自信心，这种不自信甚至显示出一种病态。他一直被这样一个事实困扰着，那就是：他的批判能力超越了他的建构能力。换句话说，他的批判性思维导致他没有办法爱上自己脑子里的想法，所以刚刚萌芽的观点在没有付诸实践之前就被扼杀和否定了。

我们第一次见面后不久，保罗·埃伦费斯特的事业就出现了一个重大的转折点：我们尊敬的老师洛伦兹急于退休，决定放下在大学的教学工作。他很赏识保罗·埃伦费斯特，认为他和自己一样，会是一位品格优秀的老师，便推荐保罗继任他的工作。于是，这位依旧年轻的男人开始了这项不凡的活动。他不仅是我所认识的最优秀的老师，也是最热衷于人类，特别是学生的发展和命运的人。理解他人，成为他们的朋友并信任他们，帮助任何一个在身体或心理上挣扎的人，鼓励年轻人发挥聪明才智，这就是他。他所做的，远远不止沉浸在解决科学问题里。莱登[①]的学生和同仁们都热爱他，尊重他。他们知道，他是一个全心投入的人，乐于服务和帮助其他人。那么，这样一个人难道不应该是一个快乐的人吗？

事实却是，在和我比较亲近的人里面，他是最不快乐的一个人。他觉得自己没有办法胜任面前这份高尚的工作。就算大家都尊重他，又有什么用呢？他总是莫名其妙地感到力不从心。这种无力感不停地折磨着他，经常让他思绪不宁，没有办法安静地完成研究。所以，他不得不寻求其他方法来分散注意力。他频繁地、毫无目的地去旅行，全神贯注地听收音机，生活的其他方面也给人躁动不安的感觉。所有这些，都不是因为他需要安静，需要培养无害的兴趣爱好，而是因为我提及的心理上的矛盾冲突迫使他急切地逃离。

在过去的几年里，随着理论物理学经历了怪异的动荡发展，他的状况也不断恶化。学习和传授自己内心不能完全接纳的内容，从来都是一件很困难的事情，更何况对于他这样一个极其诚实、极其追求精准的人。除此之外，像所有年过半百的人一样，适应新的思想总是越来越难。我不知道有多少读者能完全领会这一悲剧，但是，这正是导致他结束自己生命的导火索。

在我看来，过度的自我批判是与童年经历相关的。傲慢自私的老师对学生的羞辱和精神压制往往对他们年轻的心灵造成严重损害。这种损害是没有办法弥补的，而且往往对学生以后的生活造成恶劣的影响。从保罗·埃伦费斯特拒绝把自己深爱的孩子送到任何一所学校这一事实上也许可以判断，童年的经历对他影响

---

① 荷兰都市名，1922 年保罗·埃伦费斯特加入了荷兰国籍。

很深。

与大多数人比起来，保罗·埃伦费斯特把朋友看得特别重要。他对别人的同情和反感完全基于道德判断。他生活中最强大的关系存在于与自己的妻子兼同事之间。他的妻子是一位异常坚强和意志坚定的女人，是和他智慧相当的人。也许她不像保罗那样机智、多才多艺和敏感，不过，她自信、独立，有面对困难的坚定，思想正直，行为端庄。对他来说，这一切都是上帝的恩赐，而他回报她的，是我一生中不常见到的尊重和挚爱。所以，后来与她的分离，对他来说是很可怕的经历，而他已经受伤的灵魂再也无力去面对这些。

他的精神力量和正直不屈是我们的财富，他宽广的胸怀带给我们仁慈和温暖，而他天生的幽默感和犀利的机智话语也让我们获益良多。他的离去是我们巨大的损失。他将永远活在学生心中，活在因为他而受到激励的人们的心中。

悼念卡赞斯坦医生

我在柏林生活了十八年，在这期间，我交友甚少，来往最为亲密的就是卡赞斯坦教授。十多年来，我与他共度夏日的闲暇时光，大多数时候我们驾驶他的游艇出游，谈过往，谈抱负，倾吐衷肠，两厢欢洽。我们都感到人生能够得一知己不仅是天之幸事，也使得彼此更超然于世事，以更为客观的态度审视之。

我孑然一身，不受困于诸多使人心力交瘁的职责。然而，与我迥然不同的是，卡赞斯坦教授一向劳心劳力，事务缠身，为生命垂危的病人忧心忡忡。如果上午他做了一些有风险的手术，即便在我们上船出游的前一刻，他也会打电话询问他所担心的病人的情况。这类情形简直不胜枚举。卡赞斯坦教授对于病人的生命忧心不已，这我都看在眼里。但所幸的是，外界的种种束缚并未困住他的灵魂之翼，也没有扼杀他的想象力和幽默感。卡赞斯坦教授从不像典型的德国北部人士那样做事循规蹈矩，被自由时期的意大利人称为“刻板的笨蛋”。年轻时，他为勃兰登堡湖泊树林的壮美深深打动，娴熟地驾船穿梭于他熟稔热爱的大自然之中。每逢这个时候，卡赞斯坦教授就会向我敞开心扉，讲述他所做的实验，倾吐他的科学想法和抱负。我始终想不通他是怎么抽出时间和精力做这些事情的。肩负的责任虽重，但他依然抱持着对科学的无限激情，否则他早被压垮了。

卡赞斯坦教授一直在关注两类问题。第一类问题出于工作上的需要，他需要思考如何通过巧妙的肌腱移植，用健康的肌肉组织代替业已损坏的部分。这对他而言再简单不过了，因为他具有超常的空间想象力，而且对有关的机械原理也了然于胸。当他成功矫正病人的脸、脚或手臂的肌肉系统，从而使其适应正常生活时，他便会露出快乐的笑容。同样，当他发现由内科转来的病人经他的诊治而无需手术时，他又会欢呼雀跃一番。卡赞斯坦教授也非常得意于他所发明的抗毒大肠血清的疗法，这种疗法对治疗腹膜炎特别有用，卡赞斯坦教授为能取得这样的成就而欢欣鼓舞。不过，谈及于此，他常常痛惜他的同事们并不认同他的这种治疗方法。

第二类问题涉及不同种类的组织间的相互对抗。卡赞斯坦教授相信，现在他所研究的是一条普遍的生物准则，并且将来肯定会得到最广泛的应用，因此他能够大胆地坚持这项研究。从这一基本准则出发，卡赞斯坦教授发现，如果不是被骨骼分离开，骨髓和骨膜会抑制彼此的生长。由此，他成功解释了伤口无法愈合的原因，并且提出了治疗方法。迄今为止，只有他对这一令人费解的临床现象做出了合理的解释。卡赞斯坦教授一生致力于研究组织间相对抗的普遍准则，尤其在他生命的最后十年，他更是倾心研究这一课题。他不断在动物身上做实验，不断研究组织在营养液中的生长情况。卡赞斯坦教授一直埋头工作，分不开身，然而有令人钦佩的卡纳克小姐在一旁热心地协助他，他感到轻松了不少，为此他甚为感激。基于牺牲相关组织从而帮助上皮生长的处理思路，卡赞斯坦教授的研究取得了可喜的成果，而这些成果或许对癌症研究具有决定性的意义。

卡赞斯坦教授十分欣喜自己的儿子成为了一名聪颖独立的助手。此外，在生命的最后几年，他也唤起了饶尔布鲁赫对他的研究的兴趣，力争同他合作。卡赞斯坦教授这么做，为的就是在他告别人世时他一生的工作不是后继无人，而是继续沿着他所设定的方向蓬勃发展。

最后，就我而言，我要感谢命运赐予我这样一位朋友，友爱纯善，天赋卓然。

批评家

真正的批评家应该有自己独立的判断力，他不会人云亦云，更不会随波逐流，一味地屈服于或迎合大众的喜好；他眼光独到，技艺精湛，只用一个简洁的句子或者一个精心构思的词语，便能切中时弊，让人感同身受。这样的批评家难道不是最棒的吗？这样的批评家难道不值得庆贺吗？

新闻记者

如果有人让你对你曾经说过的某句话或者开过的某个玩笑做出公开的解释,相信你不会觉得这有什么。可是,倘若有人让你对他人说过的话公开地发表一些意见而此时你又发现自己难以自圆其说时,那真是一件令人难堪而尴尬的事。你或许会问:"究竟谁会这么倒霉呢?"答曰:那些公众人物。记者们会对他们前堵后截,纠缠不休。你或许会嘲笑我这是在信口雌黄,不过我可以向你保证这绝对是真的,因为我自己就有过很多这样的经历。

想象一下这样一番场景:某天早上,一个记者来到你面前,微笑着请你谈一谈你对你的朋友 N 的看法。面对这种无理的要求,一开始你还感到有些气愤,但很快你就发现自己被逼到了墙角,只好按照这位仁兄要求的去做。如果你胆敢不发表看法,那位记者仁兄就会在明天的报纸上这样写道:"我们邀请据称是 N 的最好的朋友谈一谈他对 N 的看法,结果被他一口拒绝了。一个人竟连其最好的朋友都不愿谈起他,这个人究竟怎么样,想必读者朋友们不难判断。"面对这种局面,你还能坚持原先的态度吗?于是,你发现自己已别无选择,只好抢着说:"不,N 先生可是一个开朗、乐观的人,他为人直率,深得朋友们的喜欢;他凡事都从积极的一面去看,在困难面前从不气馁；他把自己全部的精力都投入到了工作之中，他的事业正如日中天；他对自己的家人护爱有加，他没有一份私房钱，也从不向自己的妻子隐瞒任何事情……”

你明明是这样说的，可经过那位记者仁兄之手，它们却变成了这个样子：“N 先生为人轻浮，对一切都满不在乎；他精于讨巧，善于逢迎；他简直是个工作狂，除了工作之外，其他的一切他都无暇顾及，或者说对之没有兴趣，他的精神生活也是一片空白；令人难以置信的是，他完全把自己的妻子宠坏了，对她是言听计从、百依百顺……”

现实中的记者或许比我们上面提到的这位仁兄还会添油加醋、空穴来风，但是我想，光是这位仁兄所讲的就够你和你的朋友受的了。你的朋友或许是个友善易处之人，平日里也不爱发脾气，可是，当他在第二天的报纸上读到那位记者仁兄写的关于他的报道时以及其他有关他的类似报道时，他必然会暴跳如雷，其愤怒之火直向你扑去，而且没有任何止息的迹象。看到自己的朋友受到伤害，你自己也会有一种说不出的痛，倘若你平日里又非常喜欢这位朋友，那么这种痛就更是撕心裂肺，令人痛不欲生。

面对这种局面，接下来你会怎么办呢，我的朋友？如果你找到了对付的办法，请一定要赶快告诉我，因为我自己也深陷这种痛苦的煎熬中。

第三辑　科学漫谈

科学定律与伦理准则

科学研究的目的在于探寻各种关系，而这些关系是独立于研究主体的，它们不因研究主体的意志而转移。实际上，人类本身及其所创造的观念也是科学研究的对象之一，其中，人类所创造的观念未必与现实世界某种具体的物体或对象存在一一对应的关系。不论具体的研究对象有多复杂，所有科学定律和科学判断都面临着一个共同的命题，即：它们是真的还是假的，或者换种说法，它们是合理的还是不合理的。对于这个问题，一般的回答不外乎“是”或“否”。

科学的思维方式还具有另外一个特征，即：用以建立某种内在体系的那些科学概念超然于情感之外。对科学家来说，只存在某个“客观事实”，而不存在什么愿望、目标或是有关善恶的价值判断。在科学领域里，不存在“你不应撒谎”这样的表述。科学家的使命就是追求真理，在追求真理的道路上，科学家就像是一个清教徒，具有强烈的克制精神，力避任何情感因素或主观上的干扰。上述这个特点是经过缓慢发展才逐渐形成的，它为现代西方思想所独有。

如此看来，科学思维看上去似乎与伦理道德无关。诚然，科学对事实和事物之间关系的陈述并不能产生伦理准则，然而，借助逻辑思维和经验知识，我们却可以证明伦理准则的合理性和内在统一性。只要我们能就一些基本的伦理主张和命题达成一致意见，并保证其中的基本前提得到清楚的表述，我们就可以借此推导出其他伦理主张和命题。这些伦理前提在伦理学中所扮演的角色，就类似于公理在数学中所扮演的角色。

正是出于上述这个原因，我们才不会认为“我们为什么不能撒谎”这类问题毫无意义。我们之所以认为这类问题是有意义的，那是因为我们发现在这些问题背后存在着某种伦理前提，而这些伦理前提由于具有保全人类正当权益的作用而被世人普遍认可和接受。一旦我们看到了伦理前提的正当性，我们便看到了建立在这些伦理前提基础之上的伦理准则的正当性，进而成为这些伦理准则的坚定支持者。在“为什么不能撒谎”这个例子中，其背后的演绎逻辑大致如下：撒谎会破坏一个人的信誉，使人们彼此之间失去信任；没有了信任，合作便无从谈起；而没有了合作，人类便无法组织生产和生活，这样一来一切都将变得无法实现。从上述这个推演中我们不难发现，我们之所以“不能撒谎”，乃是出于保全人类、尽可能地减少人类痛苦的现实需要。换句话说，“不能撒谎”这个伦理准则可以追溯到“人类生活应当受到保护、人类痛苦应该尽可能地被减少”这个前提。

那么，这些伦理准则具体是如何形成的呢？它们是随意被确定的吗？抑或是出自某个权威之口？又或是源自于人类的现实经验并间接地受这些经验的影响？

从纯粹的逻辑学的角度来说，包括伦理公理在内，所有的公理都具有武断性和随意性。然而，从心理学和遗传学的观点来看，伦理公理即伦理准则又具有坚实的现实基础——它源于人类对减少痛苦和避免被灭绝的命运的现实需要，源于我们每个人对其他人的日益积累的情感反应。

只有具有高尚道德感并具有非凡创造力的人，才能提出具有如此包容性的伦理公理。由于这些公理不仅具有极强的包容性，而且还拥有广博而牢固的现实基础，人们普遍接受了它们，并将其作为日常价值判断和个人情感取向的指导原则。对伦理学公理的检验与对科学公理的检验并没有什么不同，也就是说，只有能经受住实践和现实检验的东西才能称得上是真理。

致意大利科学促进会的信

接到“科学促进会”的参会邀请，我倍感高兴。在此，请允许我向你们的盛情邀请表示诚挚的感谢。我对这次会议充满了期待，本想接受邀请欣然赴会，无奈身体出了小恙，很遗憾不能亲自前往，于是只好从大洋彼岸寄来短信一封，以此表示自己的问候，并顺带谈一下我对科学的一些看法。当然，我并不指望我要说的这些能给你们带来多大的启迪，我只是想和贵国的科学界同仁们分享一下我对时局的认识以及对科学的信仰。眼下，我们正生活在一个外无保障内无安全之感的现实中，科学家们丧失了坚定的目标。在这种情况下，我想哪怕只是表达一下我们在科学上的一些信仰也是有好处的，尽管这些信仰不能通过逻辑的推演而被证明（就像所有价值判断那样）。

首先让我们思考一下这样一个问题：探寻真理，或者更通俗一点说，通过积极的逻辑思考去了解可为人知的宇宙的奥秘，这应该被我们当作科学研究理所当然的目标吗？或者换一种问法：对真理的探寻应该从属于其他的目标吗，比如某种实际的目的？虽然我们不能通过逻辑的推导来回答这个问题，但这个问题本身却值得我们每个人深思。从对这个问题的回答中，可以看出一个人的科学信仰，它对我们的道德观念和科学思考都会产生重要而深远的影响。对于这个问题，我的回答是：科学的目标之一便是努力增进对宇宙的认识，而且这个目标具有独立性，它不应该成为任何其他目标的附属物。不朝这个方向努力，我们的生活态度和生活目标就会变得模糊不清、消极不定。

关于科学研究的一个基本而重要的事实是：一方面我们的研究要努力囊括所有伟大而复杂的人类经验，另一方面我们有关科学的基本假设要尽可能地简单明了。上述这两个方面是可以相互兼容的，科学知识的最初状态是如此，人类的信仰也是如此。倘若不是如此，我对知识的独立价值的信仰就不会那么强烈和不可动摇。

从某种程度上说，一个人对科学的虔诚程度将对他的整个人格产生重要的影响。众所周知，知识来自于不断积累的人类经验，同时也来自于我们的逻辑思考。然而，值得注意的是，在科学的世界里，并不存在“绝对的权威”，任何人都不能宣称自己占有了“真理”。如此一来，我们便发现自己处在了一个看似矛盾的境地：原本本着客观精神对客观对象进行研究的我们，到头来却成为了一个社会意义上的彻底的“个人主义者”，而这个“个人主义者”只相信他自己的判断。回顾人类的历史，我们不难发现，知识上的个人主义同科学的时代是同时出现的，而且自那以后它们就再也没有分离过。

也许有人会对此反驳说：你所说的这种人只是一种抽象的概括，就像古典经济学中所说的“经济人（Homo Oeconomicus）①”那样，这种人在现实世界中实际上是并不存在的。然而在我看来，在

---

① 西方古典经济学家（以亚当·斯密为代表）认为，人具有完全的理性，可以做出让自己利益最大化的选择。这便是著名的“经济人假设”。

过去的数百年里，若不是有大量这样的科学人士的存在，科学就不会是我们今天所看到的这个样子，甚至根本就不会存在。

当然，对我来说，并不是所有掌握了一些方法并懂得使用工具的人都可以被称为科学家，很多人只是看上去像个科学家而已。我心中的科学家是那些真正具有科学思维和科学精神的人。

科学家作为社会的一员，在当今的社会中处于一个怎样的地位呢？一方面，他是自豪的，因为他所做的工作已基本上把人类从苦力劳动中解放出来了，彻底改变了人类的生活。另一方面，他又是痛苦的，因为他的研究成果落到了刽子手的手中，被政治权力所利用，从而对人类构成了威胁。他痛苦地发现，由他的研究成果所带来的技术进步使得财富和权力越来越集中到少部分人的手中，这部分人利用自己所掌握的财富和权力，牢牢地控制着大众的生活；与此同时，人民大众变得越来越分化，越来越无序。然而，最糟糕的还不是这些。经济和政治权力的集中使得从事科学研究的人在经济上和心理上越来越具有依附性，这对科学研究的独立性和科学家的独立精神造成了致命的影响。

是的，一切都在表明，整个科学界正处在一个悲剧的时代。通过巨大的努力和十二分的虔诚，科学家才发明了各种工具。然而，颇具讽刺的是，这些工具现在却被用来统治和奴役它们的发明者。手握权力的政客们控制着科学家的一切，让他完全丧失了独立性。不仅如此，在极权的逼迫下，他还必须像士兵那样不惜牺牲自己的生命来为统治者服务，帮助当权者去摧残无数无辜者的生命。尽管科学家知道这很荒唐，但他感到自己别无选择。他清醒地认识到，经济、政治、军事力量目前都处在这个极权国家的统一控制之下，这势必会给全世界带来巨大的破坏。他还认识到，只有成立一个基于法律精神的超国家组织并以此来永久地消除一切暴力手段，人类才能得到拯救。然而不幸的是，科学家已堕落得太深，他把强加于他身上的奴役看作是不可避免的命运。更可悲的是，他彻底改变了成色，完全站到了刽子手一边，充当他们的工具，滥杀无辜，残害生命。

面对极权统治和压制，整个科学界难道就只有一种选择了吗？难道他们只能忍气吞声、甘受侮辱和压迫，甚至干脆成为刽子手的帮凶了吗？曾经激励鼓舞过无数科学界人士的那种内在的自由和独立思考精神完全消失了吗？难道科学家们再也不能通过自己富于创造性的研究来启迪世人心智、丰富大众生活了吗？视真理为生命的科学家们，难道他们早已忘记自己所从事的职业的神圣性以及所肩负的责任了吗？啊，不！对于一个深爱着自由并有着强烈责任感的人来说，他宁愿牺牲自己的生命，也绝不愿被当作奴隶和工具，去祸害人类。

倘若今日的科学家能找出时间并鼓起勇气，诚挚而认真地思考一下他所面临的处境和任务，倘若他能从自己做起，采取积极的行动，那么当前令人揪心的国际安全问题就有可能得到明智而令人满意的解决。

1933年的德国

——与普鲁士科学院的通信

普鲁士科学院于1933年4月1日针对爱因斯坦发表的声明

普鲁士科学院从报纸上获悉，爱因斯坦参与了在法国和美国造谣生事的行为，对此我们感到十分愤慨。科学院要求爱因斯坦立即为此做出解释。同时，爱因斯坦已宣布退出科学院，其理由是他不能继续为处于当今政府统治下的普鲁士王国效力。作为一名瑞士公民，他似乎也打算放弃自己于1913年成为本院正式成员时获得的普鲁士国籍。

普鲁士科学院对爱因斯坦在外国进行的煽动活动尤其深感痛心，因为科学院及其成员始终认为，自己与普鲁士王国密不可分且受其约束，我们在接收所有政治党派人士的时候也始终强调忠实于国家理念的重要性。因此，本院没有理由对爱因斯坦的退出感到遗憾。

厄恩斯特·海曼教授/博士

终身秘书

1933年4月5日，在勒科，奥斯坦德附近

致普鲁士科学院：

我已从完全可靠的来源得到消息，科学院已在一封官方的声明中称“爱因斯坦在美国和法国参与造谣生事的行为”。

我特此宣布：我从未参与过任何造谣生事的活动，而且我必须指出，我从未在任何地方见过此类煽动行为。一般来说，对于德国政府有关成员所发表的官方声明和指令以及通过经济方式摧毁德国犹太人的计划，人们总是喜欢添枝加叶、评头论足。

我在向新闻界发表的声明中提到了辞去科学院职务以及放弃我的普鲁士公民身份的意图，我这样做，原因在于我不想生活在一个个人在表达和教授所爱的东西时不能在法律和自由面前享受平等的国家里。

此外，我把德国现今事态的发展描述为存在于民众中的一种精神上的瘟热，且对其起因作了评述。

我曾起草过一份书面声明，让国际反排犹主义同盟获得公众的支持，但这份声明绝不是为新闻界出版而写。在这份文件中，我也曾呼吁所有理智的人们，那些仍忠于处于极端危险中的文明之理念的人们，来竭尽全力抑止这种大众性精神失常的进一步蔓延，它在今天的德国正显示出最糟糕的症状。

对于科学院来说，在发表针对我的某种声明之前获得我的原始文本本应是件很简单的事。德国新闻界却已复制了一个蓄意扭曲本人言论的版本，的确，这对于当今被钳制的新闻界来说不足为奇。

我已做好准备，愿对所发表的每一个字承担责任。作为交换，我期望科学院能把我的这份声明传达给其成员以及德国公众，我在他们面前受到了诋毁，特别是，科学院自身也参与了在公众面前

对我的诽谤。

普鲁士科学院于 1933 年 4 月 11 日的回复

科学院需要指出的是，本院于 1933 年 4 月 1 日发表的声明不只是基于德国报纸的报道，而主要是基于外国，尤其是法国和比利时的有关报道，而爱因斯坦先生并未对这些报道提出反驳。此外，科学院也看过他向国际反排犹主义同盟广泛游说的那份声明，其中他谴责德国又退回到了很久之前的蛮夷状态。再者，据科学院了解，尽管依据爱因斯坦先生自己的声明，他未参与造谣生事，但他至少从未做过任何努力来消除不公正的怀疑和诽谤。科学院认为，作为本院的高级成员，这本应是他的职责，但爱因斯坦先生并未这么做。相反，爱因斯坦先生在国外发表了一系列声明，一个享有世界声誉的人做出如此行为，必然会被当前德国政府和整个德国人民的敌人所利用和滥用。

谨代表普鲁士科学院。

H.冯 · 费克尔

厄恩斯特 · 海曼

终身秘书

1933 年 4 月 7 日，于柏林

普鲁士科学协会，

阿尔伯特 · 爱因斯坦教授，莱顿，

由埃伦费斯特教授转交

亲爱的先生：

作为普鲁士科学院现任的首席秘书，谨奉告，已收悉您于 3 月 28 日宣布辞去科学院成员职务的申请。科学院已在 1933 年 3 月

30 日的全体会议上考虑了您的辞呈。

科学院对事态的变化深表遗憾，这种遗憾源于想到一位拥有极高的科学权威，多年与德国人共同工作且长年以来一直是我们协会成员的人应已熟谙德国人的特点和德国的思维习惯，但他竟然在这个时刻选择与大批国外的人为伍——多半处于对实际情况与真实事件的无知，传播错误的观点和毫无依据的谣言，这已对德国人民造成了极大的伤害。我们曾自信地期望，一位长期以来都属于我们科学院的人应不顾他自己抱有怎样的政治同情，公开地站在捍卫我们国家之列，抵御那些已对我国造成侵袭的洪水般的谎言。最近这段时间充斥着大量的诽谤，有些卑鄙无耻，有些荒诞无稽，在这个时候，若为德国人美言一句，尤其是若是美言出自您口中，可能会产生巨大的影响，特别是在国外。然而，您的宣言却带来了相反的效果，它成了与当今政府乃至德国人民为敌的人手中的一个把柄。这种行为让我们倍感伤心和失望。毫无疑问，即便我们没有收到您的辞呈，这也会不可避免地让我们分道扬镳。

H.冯·费克尔

德汉，比利时

1933 年 4 月 12 日

致柏林的普鲁士科学研究院：

我很快收到了您在 7 号的来信，对这封信中所表达的心态我深感遗憾。

至于事实，我只能如下回复：您就我的行为所做的陈述，归根结底只不过是您已经刊登的那份声明的另外一种形式。在那份声明中，您控诉我参与了针对德国的造谣行为。本人已在上一封信中将该控诉描述为造谣中伤。

您也提到我为“德国人民美言”两句将会在国外产生一种巨大

的影响。为此，我只能说，您所建议的这种宣言相当于全盘否认我毕生所坚持的一切有关正义和自由的理念。这样一种宣言不可能成为您所说的对德国的美言；相反，它只可能帮助那些想要破坏德国的理念和原则的人，而这些理念和原则正是德国能在文明世界赢得荣誉的原因。我若是在当今情形下做出这样的宣言，只会助长这种残暴未开化的行为方式以及一切现有文化价值观的毁灭，即便是间接性的。

鉴于此，我感到自己不得不退出科学院，而您的来信只不过是向我展示了我这样做是多么地正确。

1933 年 4 月 8 日，于慕尼黑

来自于巴伐利亚科学院

致阿尔伯特·爱因斯坦教授

先生：

在您写给普鲁士科学院的信中，您将德国当今事态的发展作为您辞呈的理由。巴伐利亚科学院在几年前曾选举您为通信成员，本院也是一所德国研究院，与普鲁士科学院及德国其他科学院有着紧密的联盟关系。所以，您退出普鲁士科学院注定会影响您与本院的关系。

在此，我们必须向您询问，介于您与普鲁士科学院间所发生的事情，您是怎样看待与本院未来的关系的？

巴伐利亚科学院院长

1933 年 4 月 21 日，于德汉

致慕尼黑的巴伐利亚科学院：

我已作出声明，我辞去普鲁士科学院职务的原因是，在当今情形下，我既不想做一名德国公民，也不想继续担任一个假意依附于普鲁士教育部的职位。

这些原因本身并不意味着我与巴伐利亚科学院关系的中断。尽管如此，我还是想把我的名字从成员名单中除去，且这另有其因。

一所科学院最主要的职责是鼓励和保护一个国家的科学研究。然而，当为数不少的德国学者和学生以及大学教育的专业人士被剥夺了在德国就业和维持生计的一切机会时，就我所知，德国的学术团体只是袖手旁观，缄口不言。我宁愿不属于任何一个以这种方式行事的协会，即使该协会是在外部压力下才选择这么做的。

论科学真理

1

很难为“科学真理”这个词下一个精确的定义。事实上，“真理”这个词本身就是模糊不定、含义多变的。它既可以指被经验证明了的某种事实，也可以指某种数学命题，还可以用来表示一种科学理论。如果说“科学真理”还是“含糊其辞”的，那么“宗教真理”究竟是什么意思我就更不清楚了。

2

科学研究要求人们以前因后果的逻辑关系思考事物、看待问题，从而可以消除迷信。可以肯定的是，在所有高级的科学研究工作背后，都有某种理性的秩序在做支撑。相信世界是有秩序的、世界是可以理解的，这种信念就有如一种宗教情感，它隐藏在科学家们的心底，支撑着所有高级的科学研究工作。

3

相信理性，相信世界的可理解性，这种信念同存在于更高一级的头脑中、在经验世界里能够自我揭示的深刻情感紧密相关，这也正是我对上帝的概念。通俗一点说，这就是“泛神主义”（斯宾诺莎语）。

科学的共同语言

走向语言的第一步是通过声音或者其他能够交流的符号同感官印象联系起来。所有的群居动物都已经能够进行最原始的交流,这极有可能,至少在一定程度上是这样的。当人们进一步引入并能理解一些符号,而且这些符号又同其他表示感官印象的符号建立联系时,语言的发展就更进一步。在这个阶段,人们已经可以说出一系列相对复杂的印象,我们可以说语言已经产生了。如果语言非得要达到被人理解的目的,那么有两个必须,其一:符号之间的关系必须有一定的规则;其二,符号与印象之间必须有稳定的对应关系。在孩童时期,因同一种语言连结到一起的人们,他们主要通过直觉掌握这些规则以及这些关系。当人们开始意识到符号之间的关系有规则可言时,所谓的语法就诞生了。

在早期阶段,词与印象是直接对应的关系。后来,这种直接的联系就不复存在了,以至于有些词(譬如"是"、"或者"、"事物"等词)只有同其他词一起使用时才能将该词与印象的关系转化成感知。这样以后,指示感知的就是词组,而非单个的词。当语言由此而部分地独立于印象的背景时,它便获得了较大程度的内在一致性。

只有在这个高级发展阶段，抽象概念被频繁使用，语言才成为真正意义上的推理工具。但与此同时，这种发展又将语言危险地变成了错误和欺骗的根源。词与词的组合都与印象世界一一对应。

是什么使得语言与思维之间的关系如此紧密呢？没有语言的使用就没有思维吗？或者说，在不需要用词来表达的概念和概念组合中就不存在思维吗？我们每个人在已经了然事物之间联系的情况下，又何尝不是为词的选用而反复纠结呢？

如果一个人在未经外界语言指导的条件下，形成了或者能够形成概念，我们大可以说思维的活动与语言完全无关。但是在这种条件下成长的个人，其精神状态极有可能非常糟糕。因此我们可以得出这样的结论：一个人的智力发展连同他形成概念的方法在很大程度上依赖于语言。这让我们意识到，语言一致在很大程度上意味着智力水平不相上下。从这个意义上讲，思维和语言是联系在一起的。

那么，是什么将科学语言同我们日常所理解的语言区分开来的呢？科学语言在何种意义上是国际性的呢？就概念的相互关系以及概念与感官材料的对应关系而言，科学所致力的是概念要达到最大程度上的准确与清晰。我们可以以欧几里得几何和代数的语言为例，来说明这一点。它们运用的概念很少，且独立引入，各自用符号表达，如整数、直线、点，也有表示基本运算的符号，其基本概念的连结关系便是如此。这也是其他所有陈述与概念的构建以及其各自定义形成的基础。一方是概念和陈述，另一方是感觉和材料，这两方的关系是通过计算和测量的工作建立的，而且计算和测量的工作已达完备。

科技概念和科技语言之所以能超越国界，是因为它们是古往今来全世界中最优秀的人创造的。为了技术革命，这些人通过单独的工作(但就最终效果而言却是合作的努力)创造了许多的精神工具,这些革命在过去几个世纪里已经改变了人类的生活。感知世界虽然杂乱无章,使人迷惑,但借助他们的概念体系,我们得以从特殊的观察中掌握普遍的真理。

对人类而言,科学方法暗含着怎样的希望,又隐含着怎样的恐惧呢?我认为这样提问题是不恰当的。科学方法一经人类掌握以后,不管产生什么,这都完全取决于人类头脑里有什么性质的目标。一旦这些目标形成,科学方法就提供实现这些目标的手段。科学方法本身不会将人们引向任何地方。倘若没有追求清晰理解的热忱,科学方法根本就不会产生。

在我看来,似乎可以如是形容我们这个时代:手段完美但目标混沌。如果我们真诚而热切地渴望安全、福祉以及所有人各尽其才,那么我们将不缺少实现此类目标的途径。即便只有一小部分人为此类目标而奋斗,从长远看,此类目标的优越性也将得以证实。

科学的国际化

在战时的一次科学院会议上，埃米尔·费歇尔[①]语重心长地说了这样一句话："没用的，先生们，科学是没有国界的，现在是这样，将来也是这样。"费歇尔说这句话的时候，正是民族主义和政治狂热最高涨的时候。真正伟大的科学家是深谙这句话的涵义的，而且对它有着切身的体会。他们没有被政治斗争的时代浊流所侵染，也没有与那些二三流的同事同流合污。在战争期间，每一个阵营里都有类似这样的选民背弃了自己的神圣信仰。于是，国际学术联合会就这样被分化了。虽然会议还是像过去那样照常召开，但是那些被认为是来自敌对国家的科学家却被拒之门外。政治的干扰和僵化的思维使得大家不能再以纯粹客观的方式思考问题，而这直接导致了科学研究成果的萎缩。

那些保持清醒头脑的人，那些不受冲动左右的人，他们能做点什么来修复科学界因此而受到的创伤吗？一方面，鉴于大部分的科学工作者还处在政治的狂热中，大型的国际科学会议暂时还不

① 埃米尔·费歇尔(Emil Fischer，1852—1919)：德国化学家，1902 年诺贝尔化学奖得主。

宜召开。另一方面，尚有一小部分人正处在复杂的思想斗争中，考虑到他们的心理还存在不可逾越的障碍，恢复国际科学工作者协会的时机尚不成熟。尽管如此，机会还是有的。实际上，这小部分人大有用处。只要他们能跟其他国家的同仁们保持紧密的联系，只要他们能立足于自己的学科领域，坚定不渝地支持人类的科学事业，国际科学协会重新走上正轨就只是时间的问题。当然，这不可能一蹴而就，但成功的那一天终究会到来。在此，我要特别表扬一下我们英美国家的同事们，这么多年来他们一直都在艰难的环境下度过，但他们的心中依然保留着科学工作者协会的位置。

无论在哪里，个人的表白总比官方的声明要好。“元老们是好人，元老院却是野兽。”[①]倘若我们能把上述这句话时刻记在心间，我们便能将世事看得更加明白，同时也不会受到误导或迷惑。

我坚信，像科学工作者协会这样的国际机构肯定会迎来高度发展的那一天。这份信心与其说是缘于我对我的那些同仁们过人才智和高尚情操的信任，还不如说缘于经济那不可遏止的发展势头和影响力。美好的未来需要所有科学家共同去创造，即便是那些站在反动立场上的科学家也不例外。尽管他们不太情愿，但他们的工作依然有助于国际科学机构的创建。

---

① 古罗马谚语。拉丁语原文为：senatores boni viri，senatus autem bestia。

科学与宗教

1

在十九世纪以及十八世纪的一段时间内，人们普遍认为知识与信仰之间的冲突不可协调。在拥有先进理念的人士间，流行这样一个观点：是时候让知识渐渐取代信仰了，况且不以知识作为依托的信仰就是迷信，本就应该予以反对。根据这种观点，教育的唯一作用应该是为人们的思考与求知开辟道路；作为人们受教育的重要机构，学校必须专门为此目的竭诚服务。

从这种粗略的说法中人们极有可能找到理性主义的观点，但这种观点又很难称得上是理性的，因为但凡一个人有些头脑，就会立即发现这个观点的陈述是何等的片面。但是，一个人如果想要理清自己的思绪，弄清观点的本质，那么其表达直截了当一点也无妨。

确实，经验和清晰的思考最能支撑其信念。在这一点上，一个人必须毫无保留地赞同极端理性主义的看法。然而，此种观点也有其不力的一面，即人们很难用僵硬的科学方法来建立那些对我们的行为和判断都有必要且起着决定作用的信念。

这是因为，科学方法能教给我们的仅仅是事实是如何相互联系又是如何彼此制约的。获得诸如此类的客观知识是人类所拥有的最高追求，你们当然不会怀疑我想贬低人类在这个领域内取得的成就及其付出的英勇的努力。然而同样清楚的是，获得客观知识并不意味着主观世界的大门就直接打开了。一个人或许拥有最清晰最完备的客观知识，但却无法就此推导出人类追求的目标应该为何。客观知识为我们实现某些目标提供了强有力的工具，但终极目标本身以及实现终极目标的渴望却必须来自另外的渠道。我们的存在和我们的活动只有在设立此类目标以及相应的价值观后才能获得其意义，可是去论证这个，又几乎没有必要。此类真理的知识就其本身而言是不错的，但以此作为向导便无能为力，甚至不能证明我们对真理的掌握是必要的，也是有价值的。因此，我们现在面对的纯粹的关于人类存在的理性观念是受局限的。

但是不应该就此认为理性思维于目标的形成以及伦理判断就无用武之地。如果有人意识到要实现一个目标，就必须用到一些方法，那么方法本身也因此成为了目标。凭借聪明才智，人们可以清楚地明白方法与目标之间的关系。但仅靠思考，人们无法懂得终极目标以及根本目标。在我看来，要弄明白根本目标及其价值，同时要使它们在个人的情感生活中牢固地确立起来，这恰好是宗教在人类社会生活中应该发挥的最重要的作用。如果有人要问，既然根本目标不能仅仅用理性来陈说并被证明是合理的，那么赋予根本目标的权威又来自哪里呢？答案只能是：它们在健康的社会里作为强有力的传统而存在，这些传统作用于个人的行为、追求和判断。它们就存在于那儿，的的确确，就像活着的生命似的，没有必要去寻找它们存在的理由。它们的存在不是通过证明，而是通过彰显，通过有影响力的大人物的作用得以彰显。人们不必证明其存在的合理性，而应当朴素而清晰地去感受其本质。

关于人类的追求与评价，其最高准则犹太基督教的宗教传统已经给出。这些准则是非常高的目标，凭借人类的微薄之力，只能实现一二，但是它却给我们的抱负和价值观提供了坚实的基石。倘若我们将这个目标的宗教外衣褪去，仅仅只考察其纯粹人性的一面，我们或许可以如是陈述这个目标：个人自由发展，并对自己的发展负起责任，从而在服务全人类的过程中自由而快乐地发挥自己的力量。

在这里没有留有余地去神化一个民族，神化一个阶级，更谈不上去神化个人。就像宗教语言表达的那样，难道我们不是同一个天父的孩子吗？确实，即便将人性作为一个抽象的整体进行神化，也不符合上述目标的精神。灵魂给予的对象是个人，个人崇高的使命应当是去服务人而不是发号施令，或者以其他形式将自己的意愿强加给人。

如果一个人是考察实质而不是形式，那么他可以把这些话看作是基本的民主立场的表达。以我们对该词的理解，真正的民主人士，对其国家的崇拜，应如笃信宗教人士那样，少之又少。

那么，教育和学校的功用究竟是什么呢？它们应当去帮助年轻人，让他们在这样一种精神的陶冶下成长，把这些至关重要的原则视为呼吸的空气一般。可是单单靠教育还实现不了。

如果我们能够把这些崇高的原则清晰明了地摆在眼前，并将它们与我们时代的生活及其风貌作比较，那么这一点将昭然可见：文明开化的人类将发现自身现在的处境，严峻而危险。在极权国家里，竭力摧毁人文精神的正是统治者本身。而在相对安全一点的地方，民族主义、不宽容行为以及运用经济手段对个人实施压迫，将这些最为可贵的传统掐得喘不过气来。

然而现今，有思想的人开始意识到这种危险是多么严峻，而且这样的人越来越多。他们也都在努力寻找应对危险的方法，这些方法反映在国家政治和国际政治领域里，也反映在立法机构里或一般的组织中。毋庸置疑，这些努力是极其需要的。那些古人了解的东西，我们却已遗忘。如果没有一种不死的精神作依托，一切办法都只不过是白费力气。但如果实现目标的渴望在我们心中永葆生机、经久不息的话，那么我们去寻找实现目标的方法并将这些方法化为行动是不会缺乏力量的。

2

要我们就科学是什么达成共识并不困难。几个世纪以来，科学通过系统的思想，将这个世界可以感知的现象尽可能完全地联系起来。说得大胆些，科学就是通过概念化这一过程试图对现实存在进行后验重建。但如果问到宗教是什么，我恐怕不能如此轻易地予以回答。即便在特定情况下，我找到了能让自己满意的答案，依旧会认为我绝无可能让所有曾经认真考虑过此问题的人们其意见达成统一，哪怕是在一个很小的范围内，这也不可能。

那么，我首先不去追问宗教的定义，而是问这样一个问题：一个在我看来有宗教信仰的人，其追求有怎样的特征？我认为，一个受宗教启迪的人应当是这样一个人，他尽自己最大能力将自己从私欲的枷锁中解放出来，并且全神贯注于他所坚持的思想、情感和追求，因为这些都是超乎个人价值的。在我看来，真正重要的恰恰是宗教超越个人内涵的力量以及这种超越一切深远意义的信念的深度，而不是能否努力将超越个人的内涵同神圣的存在联系起来，否则的话，佛陀和斯宾诺莎就不能算作宗教人物。信仰宗教的人，其虔诚体现在他认为那些超乎个人的目标有意义而且崇高，况且这些目标既不需要也不可能有理性基础。这些目标的存在与他自身的存在一样，有必要而且真实。从这个意义上看，宗教需要人类付出长期的努力，这样才能使人类清楚而全面地认识这些价值和目标,并且经常强化它们以扩大其影响力。如果人们按照这样的定义去理解宗教和科学,那么这两者之间就不可能有什么冲突。就科学而言,它只能断定“是什么”,却无法断定“应该是什么”。超过此范围,一切价值判断仍然有必要。另一方面,宗教只涉及对人类思想和行动作出评价,却无法合理地说明事实以及事实之间的关系。根据这一解释,过去宗教和科学广为人知的那些冲突必须完全归因于对上述情形的误解。

譬如,当一个宗教团体坚持认为《圣经》里的一切论述都为绝对真理时,冲突就产生了,因为这意味着宗教对科学领域的干预。教会与伽利略和达尔文学说之间的争斗就属于此种情况。另一方面,科学的代表人物往往根据科学方法,对价值和目标给出根本性的看法,这样一来,他们就和宗教对立起来。这些林林总总的冲突都来自一些致命的错误。

现今,尽管宗教和科学之间划分得泾渭分明,但两者之间依然存在牢固的互补与相互依赖的关系。虽然宗教可以决定目标,但是在最宽泛的意义上,宗教从科学那里学到了采用何种手段会有助于实现自己所设立的目标。然而,科学却只能由那些热切追求真理寻求真知的人才能创造。而这种热切的情感的源泉又恰巧来自宗教领域。人们相信现存世界中有效的规律是理性的,或者说可以用理性来理解。这种信念的源泉一样来自宗教领域。我认为,一个真正的科学家,其内心必定是有着坚定的信仰。这种情形可以打这样一个比方:没有宗教的科学腿脚残疾,而没有科学的宗教目不能明。

虽然我在上文已经断言宗教和科学之间实际上不可能存在合乎情理的冲突,但鉴于历史上宗教的实际内容,我还是必须就一个基本观点做些具体性说明。该说明必须和上帝这一概念有关。在人类精神进化尚未成熟的阶段,人类凭借想象并按照自己的形象创造诸神，之后认为这些神通过意志的作用能够决定或至少能够影响现象世界。人类试图通过魔法和祈祷改变神的性情，以求对自己有利。现今各宗教中神的概念是古老的神的概念的升华。例如，人神合一的特点就体现于人们向神明祈祷以求愿望得以实现之中。

当然，谁也不会否认这样一个观点，即相信有一个全能、公正、以慈悲为怀且具有人一样特征的上帝的存在，该信念能够给人以慰藉、帮助和指导。此外，因为这个观点简明易懂，所以也很容易被头脑最不开化的人接受。但是，另一方面，这种观点本身存在一些很经不起推敲的地方。人们在历史之初就已意识到并为此感到痛苦，这就是：既然上帝全知全能，那么发生的每一件事，比如人类的每一次行动、每一个想法、每一种情感、每一个愿望，都是上帝的杰作；这样的话，在全能的上帝面前又怎能想到人类要对自己的所做所思负责任呢？在做出赏罚时，上帝也会在某种程度上对自己进行审判。但这与我们认为的仁慈而公正的上帝怎么联系起来呢？

现今宗教领域和科学领域之间存在冲突，其主要原因在于这个概念，即上帝具有人的特征。科学的目标是确立决定空间和时间体系中物体和事件彼此联系的普遍规律。人们需要这些规则，或者说是自然规律，但不必证明它们在绝对意义上具有普遍的有效性。它主要是一个纲领，相信原则上该纲领能够实现。这种信念仅仅建立在部分成功的基础之上。但几乎没有人会否认这些部分的成功，而去把这些成功归因于人类的自欺。以这些规律作基础，我们可以无比精准地预测某些领域内的现象会随着时间而变化。对这一事实的确信已深深植根于现代人的意识之中，尽管他们对这些规律的内容也了解不多。他只需考虑到这一点，即太阳系内行星的轨迹根据几条简单的法则就能事先无比精准地计算出来。同样，虽然其精确性不如预测行星那样高，人们也可以事先计算出电动机、输电系统或者无线电装置的运行模式，甚至在碰到新的装置时也可以同样处理。

的的确确，在一个复杂的现象中发挥作用的因素太多，这时科学在大多情况下也起不了什么作用。只需想到天气这个例子就能明白这个道理。在天气预报中，哪怕只是提前预报几天以后的天气也不可能。然而谁都不会怀疑我们面临的是一个因果联系，并且其构成原因的成分我们大体上也已经知道。在该领域内发生的一切还不能准确预测出来，因为有许多因素在起作用，而不是因为自然界中缺乏秩序。

我们虽然对生物领域内的规律现象研究得还不够深入，但起码足以让我们觉察到其中不变的必然性的规律。人们只需想想遗传学中以及毒物（如酒精）对生物行为的影响里所体现的有规律的秩序即可。人们缺少的是对那些具有深刻普遍性的联系的了解，而不是对秩序本身缺少了解。

一个人越是深信所有事件有秩序、有规律，他就越能坚定地相信：除了既定的秩序和规律之外，不同性质的原因根本就没有存在的余地。对他而言，人的支配和神的支配都不能算作自然事件发生的独立的原因。毫无疑问，此种信条，即认为存在一个上帝，他具有人的特征，而且能够干预自然事件，决不会被科学真正驳倒。因为该信条总能在科学知识尚未能涉足的领域内找到庇护。

但我确信，诸如宗教代表的此类行为毫无意义，而且大错特错。因为一种信条只能在黑暗中而不能光明正大地立足，并且又对人类的发展进步贻害无穷，那么它就必然会失去对人类的影响。在为人类的道德善行作努力斗争的过程中，宗教导师们应该放弃此信条，即存在一个具有人的特征的上帝。换句话说，他们要放弃产生恐惧和希望的源泉，该源泉在过去把巨大的权利交付给了牧师。他们必须通过努力，使那些能够在人类身上培养真、善、美的力量为己所用。诚然，这是一项更为艰巨的任务，但与此同时，这项任务具有不可比拟的价值①。宗教导师们完成上述提升自我的过程之后，一定会快乐地觉悟到：真正的宗教因科学知识而变得崇高，其意义也因此更加深远。

如果宗教的目标之一是将人类尽可能地从自我为中心的渴望、欲望以及恐惧的桎梏中解放出来，那么科学推理也还可以在另一个意义上帮助宗教。虽然科学的目标是要发现规律，通过这些规律揭示事物间的相互联系并且预测事实，但是这不是科学的唯一目标。它还试图将发现的联系归结为尽可能少的几个概念元素，这些元素间彼此独立。这种把不同因素合理统一起来的努力，一方面它冒着成为妄想的牺牲品的最大风险，另一方面，它迎来了最伟大的成功。但凡曾对这个领域内的成功进展有过深切体验的人，都会对存在中显现出来的合理性怀有深沉的崇敬。通过理解的方式，他从个人希望和欲望的枷锁中获得解放，这种解放意义深远；他进而对体现于存在之中的理性的宏伟持有谦恭的态度，对人类而言，这种宏伟的理性因其最为深奥而难以企及。然而，这种态度，于我而言，算是最高意义上的宗教的态度。此外，我认为科学不仅去除了人神同性论中的宗教杂质和糟粕，而且使我们对生活的理解经历了一种宗教意义上的净化。

人类精神进化越是向前发展，我就越是坚信通向真正宗教信仰的道路不是对生命和死亡的恐惧，抑或是对信仰的盲目追随，而是对理性知识的追求。在这个意义上，我认为：一个牧师如果不想辜负他的崇高的教育使命，他就必须成为一名导师。

---

① 该思想在郝伯特·萨姆尔的《信仰与行动》(*Belief and Action*: *An Everyday Philosophy*)一书中有着令人信服的表述。——原注

宗教与科学

人类所思所为的一切都与满足内心需要和缓和痛苦有关。如果一个人想要理解精神运动及其发展，他就必须将这一点铭记于心。不管呈现在我们面前的努力和创造多么高超，感情和渴望才是所有人类努力和创造的动力。那么引导人类进行最广义的宗教思想和信仰的感情和渴望又是什么呢？稍加思索我们便会豁然开朗，原来是各式各样的情感引领着宗教思想和宗教经验的产生。对原始人来说，宗教源于恐惧——恐惧饥饿、野兽、疾病和死亡。由于这一阶段人们对因果关系的理解还不甚发达，因此他们便根据自身创造出虚无缥缈的神，神的意志和行为支配着令人类恐惧的事情发生。为此，根据代代相传的传统，人们通过祭司等行为以获得神的恩赐，对其供奉抑或是使其对凡人持有好感。在此意义上，我将其称为恐惧宗教。尽管这并不是由某些人创造出来的，但是却由于一种特殊的祭司阶级的形成，其具有很大的稳定性。祭司阶级自封为凡人和神之间的媒介，并在此基础上建立起自己的权威。许多情况下，因其他因素获得地位的统治者或是祭司阶级为了稳固其权威，便将祭司功能同世俗权力结合在一起；又或是，政治统治者和祭司阶级为了各自利益而协同合作。

社会冲动是形成宗教的又一源泉。父亲、母亲和更大人类集体的领袖都会死亡和犯错。对指引、爱和支持的渴望促使人类形成社会或道德上的上帝观。就是这个上帝，他给人以保护、以支配、以奖励、以惩罚。上帝按照其信徒目光所及的范围，爱护和抚育部族的生命或人类的生命，抑或是生命本身。他是人类痛苦和愿望不能满足时的安慰者，他也是死者灵魂的守护者。这就是社会或道德上的上帝观。

犹太圣经绝妙地阐释了从恐惧宗教向道德宗教的发展，这一发展在《新约》全书中延续。所有文明的民族尤其是东方民族的宗教，就主要是道德宗教。从恐惧宗教向道德宗教的发展是人类生活的一大进步。然而，我们要防范下面这种偏见，那就是认为原始宗教完全基于恐惧，而文明人的宗教则纯粹基于道德。事实上，所有的宗教，都是这两种类型不同程度的混合，区别在于社会生活水平越高，道德宗教就越占主导。

所有宗教的共性在于他们眼中的上帝都具有人的特征。通常，只有天赋异禀的个人和特别高尚的群体才能大大超出这一水平。但是，还有第三阶段的宗教经验，它是属于所有人的，尽管其鲜有纯净的形式，我将称之为“宇宙宗教”。对于那些完全没有感情的人很难解释这种感觉，尤其是没有拟人化的上帝与之对应的时候，更是难于上青天。

人们会觉得人的愿望和目标都是枉然，而在自然界和思想的世界里他们自身又显露出崇高庄严而又不可思议的秩序。人们渴望将宇宙作为一个单一的有意义的整体来体验。宇宙宗教感情的萌芽早已出现在早期的历史发展中，比如在大卫的诗篇中以及一些先知那里。佛教所包含的这种成分还要强烈得多，这特别可以从叔本华的绝妙著作中读到。

一切时代的宗教天才之所以超凡出众，就是因为具备了这种宗教感情，这种感情不包含宗教教义，也不依照人类形象构想出上帝。正因为此，没有哪个教会愿意将其作为中心教义。于是我们便看到，在各个年代的异教徒之中，洋溢着这种最高宗教情感的人往往被认为是无神论者或者说是圣人。德谟克利特[①]、圣方济各[②]、斯宾诺莎都是这样的人。

如果宇宙宗教感情没有明确的上帝观和神学，那么人们是如何彼此传达它的呢？在我看来，艺术和科学最重要的功能就是在接受宇宙宗教感情的人中间激发这种感情，并使其保持蓬勃生机。由此，我们得到一个与众不同的科学与宗教之间的关系的概念。当人们从历史的角度来看待科学和宗教时，人们都倾向于认为这两者是势不两立的对立物，而且其理由是显而易见的。对于完全相信因果联系的普遍性的人，片刻也不能接受神决定一切的观念。恐惧的宗教和社会道德的宗教对这种人而言是无效的。一个决定赏罚的上帝是难以想象的，理由很简单：一个人的行为是由内部或外部的必然性所决定的，因此，上帝眼中他无须负责，正如静止的物体不能对其经历的运动负责一样。对道德有损的科学被人们所谴责，而这种谴责是不公正的。实际上，一个人的伦理行为是基于同情、教育、社会联系及社会需要，而宗教则是并不必需的。如果一个人因恐惧死后的惩罚和希望死后受到奖励而自我约束，那真是可怜至极。

至此也就不难理解为何教会总是反对科学、迫害科学的信徒了。与此同时，我坚定地认为，科学研究最强大和最高尚的动力正是这种宇宙宗教感情。只有那些做出巨大努力，尤其是为了完成

---

① 德谟克利特(Democritus，约前 460—前 370)：古希腊伟大的唯物主义哲学家，原子唯物论学说的创始人之一。

② 圣方济各(San Francesco di Assisi，1182—1226)：天主教方济各会和方济女修会的创始人，又称“亚西西的圣方济各”或“圣法兰西斯”。

理论科学界开辟性工作而做出奉献的人，方能领悟这种感情的力量，也唯有如此，方能完成那些远离直接现实生活的工作。开普勒和牛顿必须进行数年的孤独劳动方能找到天体力学的原理，这足以说明他们对宇宙合理性的信念是多么地深信不疑，又是多么地热切希望去理解这种合理性，要知道宇宙合理性仅仅是世界中存在的理性的微弱反应。那些主要从实际结果中认识科学研究的人，很容易对那些被怀疑所包围却又能够给全世界以及各时代志同道合的人指明道路的人的精神产生完全错误的理解。只有献身于同样目的的人方能深切地体会到究竟是什么鼓舞着这些人并给他们以力量，使他们在无尽的挫折中忠贞不移地坚守他们的方向。一位同时代的人说得不错，在我们现在所处的唯物主义时代，唯有严肃的科学工作者才是深信宗教的人。

科学与文明

当前我们处在一个经济危机无处不在的时代，人们能清楚地在一个民族身上看到道德的强大影响力。在未来，当欧洲已经实现了经济和政治一体化之时，我们希望历史学家能断言：在我们现在所处的这个时代，是西欧国家拯救了欧洲大陆的自由与荣誉，正是这些国家在艰难困苦之际没有屈从于仇恨与压迫；西欧得以成功地维护了个人自由。正是这种自由，给我们带来了所有知识和发明方面的进步。如若没有这种自由，对一个有自尊的人来说，生活便失去其意义。

对那个长久以来视我为其国民的国家[①]，今天我不会评判其行为。或许，在一个讲求实干的时代，评头论足无异于不务正业。

今天，我们要关注的问题是：怎样才能使欧洲免于陷入一场新的灾难？我们怎样才能挽救人类，保存我们所继承的精神财富？

毋庸置疑，当前这场世界性危机，以及这次危机给人们造成的苦难和匮乏，在某种程度上导致了我们亲眼所见的危险的社会动荡。在这样的时期，不满酝酿成仇恨，仇恨引发了暴力和革命乃至

---

① 指德国。

战争。苦难和灾祸衍生出新的苦难和灾祸。处于领导地位的政治家们再次肩负起二十年前般艰巨的责任。但愿他们能及时达成协议，成功地在欧洲建立一个国际义务统一明确的环境。如此一来，任何国家冒险的战争行为绝无成功的可能。但是，只有得到人们真诚坚决的支持，政治家们的努力才会成功。

我们关心的不仅是确保和维护和平的技术问题，我们还关注教育和启蒙的重大使命。对那些扬言要压制思想自由和个人自由的强权，如果我们想抵制它们，我们必须铭记于心：我们的先辈经过艰苦卓绝的斗争获得的自由，而我们又从这自由中得到了什么？而现在这自由已经岌岌可危。

没有这样的自由，就不可能有莎士比亚和歌德，不可能有牛顿和法拉第，不可能有巴斯德①和利斯特②；不会有舒适的住房可供人民大众居住，也不会有铁路和无线电，不会有针对流行病的防治措施，不会有廉价的书籍，不会有文化，也不会有对艺术的欣赏。人们不得不从事繁重的劳动以获得基本的生活必需品，也不会有机器将他们从这种劳动中解放出来。大多数人将过着被奴役的沉闷生活，仿佛生活在古代亚洲的专制统治之下。那些拥有自由的人，那些为我们当代人创造出发明成果和精神财富的人，正是他们使生活变得有意义。

毫无疑问，当前的经济困境最终会要求我们通过法律来维护劳动力供需的平衡，维护生产与消费的平衡。即便如此，在解决这个问题时我们仍需保有自由，避免因此陷入被奴役的境地。这样的奴役束缚最终将会使任何健康的发展停滞不前。

有鉴于此，我想谈谈最近产生的一个想法。当我在乡间过着

---

① 路易·巴斯德(1822—1895)，法国微生物学家，化学家，其发明的“巴氏消毒法”沿用至今。

② J.利斯特(1827—1912)，英国医学家，被称为“外科消毒之父”。

离群索居的生活时，我注意到平静单调的生活可以激发创造性思维。我们当代社会的一些职业既可提供这种远离尘嚣的生活，又不需要太多的体力劳动和脑力劳动。我认为灯塔和灯塔导航船上的工作就属于此类职业。如果有年轻人打算仔细思考科学问题，尤其是那些数学性或哲学性的问题，难道不能安排他们从事这类工作吗？在这些人一生中最富有创造力的阶段，他们中很少有人可以在无论长短的一段时间内全心投入解决科学问题而不受干扰。即使一个年轻人有幸获得一笔短期奖学金，他也必须竭尽全力尽快得出明确的结论。在对纯科学的追求中这种做法毫无裨益。相比之下，那些从事普通实际工作又可糊口的年轻科学家们则处在一个更为有利的境地。当然，前提是他们从事的工作能使他们拥有大量的闲暇和充足的精力。如果能安排他们从事这类工作，和目前的情况相比，或许更多富有创造力的人可以获得开发其心智的机会。在这个经济萧条、政治动荡的时代，这种设想值得关注。

生活在一个危险和贫乏的时代，我们是否要为此忧心忡忡？我以为不然。和别的动物一样，人类具有天生的惰性。如果没有东西刺激他，他就不会主动思考，只会机械地按习惯常规行事。我已不再年轻，因此有资格这样说：在我的童年时代和青年时代，我也经历过那样一个阶段；在那个阶段，年轻人只会注重个人生活的细枝末节，模仿同伴们的言行举止。他真实的人格也被习惯常规和语言所遮蔽，如同包裹在棉絮中一般。只有在花费了一番功夫后，他才能看清隐藏在习惯常规外壳之下的东西。

而今天却是如此的不同！在我们这个疾风暴雨的时代，在闪电的亮光中，所有的人和物都赤裸裸地展现在人们眼前。每个国家和个人都清楚表明了各自的目标，展现出各自的长处、劣势和激情。在当前飞速转变的情况下，墨守成规已毫无意义，习惯常规干枯的外壳纷纷剥落。

在困境中人们开始思考经济实践中的失误，以及建立跨国政治联合的必要性。只有经历了灾难和动荡，国家才能得到进一步的发展。唯愿当今的动荡不安能给我们带来一个更美好的世界。

除了对我们这个时代做出评价之外，我们还有更深层次的任务：关注我们所拥有的财富当中那些永恒且至高无上的东西。因为正是这样的东西，赋予人生意义。我们从先辈手中接过它，又将它传给子孙后代。希望在传承的过程中，它能变得更加纯粹，更加丰富。

科学与社会

科学通过两个途径影响人类事务。第一个途径人人熟知：科学直接地，或者在更大程度上间接地生产出完全改变人类存在的工具。第二个途径带有教育特点，它作用于人的心灵。尽管如果只是粗略地观察科学的影响，第二种途径似乎不很明显，但它和第一种途径的影响一样深刻。

科学有个最显而易见的实际效用：人类借助科学发明制造出许多东西，如蒸汽机、铁路、电力、照明、电报、无线电、汽车、飞机、炸药等。这些东西使我们的生活变得丰富多彩，同时也让生活复杂化了。当然，还应该算上生物学和医学界中延长人类寿命的种种成就，特别是止痛药和食物储存方法的发明。在我看来，这些发明让人们从极其繁重单调的体力劳动中解放了出来，这是这些发明最大的实际利益。曾经，仅仅为了能勉强维持生存，这样的苦力劳动就必不可少。现今，如果说我们能宣告奴隶制度废除，那么也须归功于科学的现实影响。

而另一方面，技术或者说应用科学，又让人类面临着严重的问题。人类能否继续生存，有赖于人类能否完美解决这些问题。其关键就在于，人类要创造出一种社会制度和传统，从而避免新技术工具给人类带来最可怕的灾难。

在无组织的经济中，机械化的生产方法造成了这样的后果：生产的商品不再为大量的人口所需，大批大批的人被排除在经济循环的过程之外。这马上产生了一系列后果：人们的购买力被削弱了，过度竞争造成了劳动力的贬值。这又进一步引起商品生产的严重瘫痪状态。另一方面，生产资料的所有权掌握了与政治制度的传统保护者不成正比的力量。为了适应这一新环境，人类陷入了一场斗争。如果我们这一代人的能力足以承担起这个使命的话，这场斗争可能会带来真正的解放。

技术还缩短了距离，创造了全新的、特别有效的破坏工具。这种破坏工具一旦落在提倡无限制的自由行动的国家手里，就会威胁人类的安全和生存。为防止这种情况的出现，一个全球性的、统一的司法行政权力不可或缺。然而，创设一个这样的中央权力是与民族传统完全背道而驰的。在这个问题上，我们同样处于斗争中，这一斗争的结果将决定所有人的命运。

最后，人类第三种威胁的来源是通讯工具——印刷文字的复制以及无线电。当这些通讯工具和现代武器结合，中央权力就可以奴役人类的身体和灵魂。现代暴君及其毁灭效果明明白白地表明，我们远不能有组织地利用科学成就去造福人类。同样地，在这样的环境下，我们迫切需要一个国际化的解决方案，但这种解决方案的心理基础尚未建立起来。

我们再来看看科学给人类智力带来的影响。近代科学出现以前，光靠思考是无法获得所有人类都确信和依赖的东西的。思考更加无法让人确信自然界发生的一切都遵循无法改变的规律。在原始观察者眼中，自然规律是支离破碎的，这恰好助长了人们对鬼神灵魂的信仰。哪怕在今天，原始人仍然生活在无尽的恐惧当中：他们害怕超自然的、专横的力量会干预自己的命运。

科学通过影响人类的心灵，让人类克服了对自身和对自然的不安全感，这是科学永恒的成就。希腊人创造了初等数学，这是有史以来第一次人类设计出一个无人能够推翻其结论的思维体系。文艺复兴时期的科学家又将系统试验和数学方法相结合，人类从此能够用方程准确地描绘自然规律，并用经验检验规律的确定性，于是，在自然科学界，对于基本问题的分歧不复存在了。从此，每一代人都在这知识的遗产之上创造新知，丝毫不会撼动整个知识体系。

普罗大众或许只能粗略地了解科学研究的细枝末节，但这也不失为一个伟大重要的成就，即：人们确信，人类的思维是可靠的，自然规律是普遍的。

科学之困

讲德语的几个国家目前正遭受着一种十分危险的威胁，但凡对此知情的人，都有义务使人们认识到这种威胁的可怕之处。政治上的变动对经济的发展产生了负面影响，这种影响对于不同行业、不同群体则有轻重之别。其中，受影响最大的是那些不直接从事物质生产、其生活资料需要由国家提供的机构与个人，比如，从事科学研究的机构和人员。他们所做的工作不仅决定着科学事业的前途，而且还在很大程度上决定着德国和奥地利在文化领域里的地位。

为了让大家充分认识到这个问题的重要性，下面我想就这其中的利害关系做进一步的分析。我们都知道，当灾难或危机发生时，人们一般总是只关注与其生存直接相关的东西，而对其他方面则漠不关心或视而不见。这个时候，在他们看来，只有那些直接创造出物质财富的工作才是最重要的，他们只肯为那些能够提供生存之需的东西掏腰包。科学，显然不是这样的东西，而且，我们若是想要科学获得巨大的发展，就绝不能急功近利。通常来说，科学所创造的知识、所采用的方法并不能直接带来看得见摸得着的成果。而且，在很多情况下，科学的那些成果都是在几代人之后才显现的。然而,我们却不能因此而无视科学的重要性。科学人才依靠自己所掌握的知识和独立的判断,为工业的发展开辟新的道路。科学人才都是懂得革新图变之人,他们时刻准备着适应新的形势。冷落科学的后果便是知识人才的缺乏,而人才的缺乏必然会导致产业的衰落和不景气。对科学的追求一旦停止或受阻,国家的精神生活就会成为一口枯井,整个国家的未来发展进而受限。我们要竭力避免这种情况的发生。在由非政治因素导致的国家衰落的情况下,那些有着较强经济实力的团体和个人应该勇挑重担,慷慨解囊,重振科学大业,免得它一步步衰落下去。

当下,一些对科学和时局有着清楚了解的远见之士正携起手来,创建各种研究机构,确保德国和奥地利的科学研究事业的正常进行。在我所在的学校里,我欣喜地看到,经济上的困难并没有浇灭人们对于科学研究的热情和意志。相反,它更坚定了人们从事科学研究以及其他精神活动的信念和热情。很明显,在灾难和困难面前,人们并没有被吓倒,我对这些人表示钦佩。哪里有困难,哪里就燃烧着热情的火焰,困难越大,火焰就越是炽烈。如果当今的青年都失去了斗志,失去了才能,那么我们这个国家就会受到严重的创伤,每个人都有义务防止这种情况发生。

法西斯与科学事业

——致西诺·罗科部长的一封信

亲爱的部长阁下：

两位来自意大利的知名的、受人尊敬的科学家恳请我向您写信求助，因为他们遇到了困难。据他们说，意大利当局正在强迫科学界人士对法西斯体系宣誓效忠，他们对不这样做的人正在进行着迫害，知识分子的生命于是受到了威胁。他们希望部长阁下能帮助阻止这种迫害的发生，使整个意大利的知识精英免于受到侮辱。我的意思是，您可以直接就此向墨索里尼首相谏言。

不管你我的政治信仰有多么大的不同，但至少在一个方面我们是一致的，那就是：你我都渴望看到欧洲在思想和精神领域不断取得进步。而取得进步是需要条件的：首先，必须要有思想和教学上的自由；其次，对真理的追求应该优先于或超过对其他东西的追求。有了这两个条件作为基础，思想的进步和文明的成就就指日可待。正是有了这样的保证，希腊文明才得以出现，意大利文艺复兴才得以降生。为了实现这一目标，那些执着的、伟大的意大利先辈们抛头颅、洒热血，付出了巨大的代价。也正是由于他们的努力，才成就了意大利今天这个样子，意大利才没有被世人唾弃和憎恨。

以国家的名义就可以对人类自由肆意侵犯和践踏了吗？在这里，我不想就这个问题与您做太多的探讨和辩论，我只想说，对科学真理的追求是超然于日常生活和现实利益之外的神圣的研究活动，它理应得到世界上每个国家、每个政府的尊重。确保从事科学研究的人员不受到骚扰和伤害，这既符合所有人的利益，毫无疑问也符合意大利整个国家的利益，也唯有如此，意大利在世人眼中的威望和地位才不虚其名。

希望您能认真考虑我的这个请求。

阿尔伯特·爱因斯坦

科学的宗教性

你很难在造诣较深的科学家中找到一个没有自己的宗教感情的人。但是他们的这种感情和单纯天真的人所拥有的宗教信仰并不一样。在后者眼中，上帝是神的存在，人们希望得到它的保佑，害怕受到它的惩罚。这种感情类似于孩子对于父亲的感情，只是感情的对象升华了。无论上帝在人们心目中被渲染成多么受人敬畏的形象，人们还是同它建立起某种人与人之间的亲切关系。

但是，科学家们对于普遍的因果论深信不疑。在他们看来，未来同过去一样，它的每一个细枝末节都是必然的和确定的。道德并不是什么神圣之物，它纯粹是人之常情。他们的宗教感情表现为对自然规律的和谐感到狂喜和惊奇。这种和谐体现了一种高超的智能，同它相比，人类一切有系统的思想和行动都是微不足道的。这种感情是科学家生活和工作的指导原则，前提是他们能够挣脱私欲的镣铐。毫无疑问，这种感情和古往今来所有的宗教天才拥有的感情相差无几。

第四辑　教育漫说

关于知识分子的组织

我认为,使知识分子们团结起来至关重要,也是当务之急,因为这样既可以保障我们的经济地位,又可以令我们在政治领域中占有一席之地。

从以上提到的第一点,也就是经济方面来说,我们可以把工人阶级当作我们的典范,因为他们的组织方式在一定程度上成功地维护了他们自己的经济利益。从他们身上,我们一方面能学到如何用有效的组织来保护我们的经济权益,另一方面能看到我们现在应竭力避免的最大危机:组织内部出现分歧从而导致人心涣散,而当矛盾积累到一定程度时,各个分部之间就产生壁垒,难以展开合作。

当然,我们也从他们身上看到了一些局限性,那就是:如果只着眼于短期经济利益而没有明确的政治目标,采取任何措施都无济于事。我们国家的工人阶级在政治领域的发展也才刚刚起步。随着生产的逐步集中化,经济与政治斗争将不可避免地愈加紧密相关,并且在这个过程中,政治因素会变得越来越重要。然而,由于缺乏良好的组织,知识分子比其他工作者都更容易遭到压迫和剥削。

因此，知识分子必须团结起来。这不仅有利于维护我们的个人利益，而且对整个社会都有促进作用。参与政治本是知识分子与生俱来的权利，然而许多知识分子却从未将他们的特殊工作方式和工作经验应用到政治领域中，这甚至导致他们内部产生分歧。对于一些知识分子来说，政治抱负和营利目的是两件毫不相干的事情，在政治领域中，不需要用到他们的专业知识和基于理性思维的判断。实际上，知识分子的组织可以通过宣传和教育来影响公众的观念，所以它对整个社会可以产生深远的影响。同时，在维护学术自由上，知识分子们也责无旁贷，因为如果学术自由不能保障，民主也就不可能健康发展。

如今，知识分子组织还有一个重大任务，那就是成立一个超民族的政治力量，齐心协力，共同抵御侵略。我认为我们的主要目标不应该是为国际政府制定某个特定方案。因为现在大多数公民有着维护世界和平的明确目标，所以制定出这样一套方案并不是一件难事。然而，在广大群众之中匮乏的是持久的信念和清晰的思路，也就不知如何永久消弭如当下一样的灾难。知识分子们需要以此为目标，团结起来，引导大众，这是他们在这个历史时刻最重要的使命。我们的组织只有通过积极承担这样的任务才能获得源源不断的内在力量，并对外产生举足轻重的影响。

保卫人类的未来

原子弹的发明未必就会导致人类的毁灭，就像火柴的发明没有造成人类的毁灭一样。我们唯一要做的，就是竭尽我们的所能确保它不被滥用。鉴于当前技术发展的状况，唯有成立一个超国家的组织并赋予它强大的执行力，人类的未来才能得到真正的保障。一旦认识到了这一点，我们便能有足够的动力去保卫人类的未来，即便牺牲生命也在所不辞。如果这个目标没能及时实现，我们每个人都逃脱不了责任。危险的是，当前每个人都在等待别人去采取行动，自己却在袖手旁观。

本世纪以来，科学已取得了很大的进步，这是为所有有识之士所知晓并赞赏的。即便是那些只关心科学的技术应用的人，也不得不承认这一点。然而，一旦我们站在更宏观的视角上去看问题，一旦我们将科学的基本问题纳入我们的视野，类似原子弹发明这类科学成就就不再是什么不可思议的事了。为了更好地理解这一点，我们不妨回想一下我们的日常经验。很多人都有过乘坐列车旅行的经历，如果我们的目光只专注于眼前，我们就会发现窗外的风景变化得很快。然而，当我们将目光投向远方，去看远处的风景比如高山和平原时，它们看上去就像凝固了一样，变化得十分缓慢。科学的基本问题也是如此。

照我看，根本就不应该有“我们的生活方式”、“俄国人的生活方式”这类说法。无论是“我们的生活方式”还是“俄国人的生活方式”，都涉及到某些传统和习俗的集合，而这些集合也只是集合，并不能构成一个有机的整体。相反，我们应该问，在这些制度和传统中，哪些是对人类有害的，哪些是对人类有益的，哪些能让人获得快乐，哪些又会给人带来痛苦。把这些搞清楚了之后，下一步我们便要从诸多制度和传统中选择一种最好的，并按照它来生活。至于这些生活方式究竟是我们先开始遵行的，还是其他国家的人们先开始遵行的，这并不重要。

最后，让我们再来谈一谈教师的待遇问题。按理说，在一个健康、正常的社会里，每一种对社会有益的付出都应该得到相应的回报，每一个付出者都应因此而过上一种体面的生活。一种工作或一种活动，只要它具有社会价值，对社会有用，它就必然能为从事这种工作或活动的人带来心理上的满足和精神上的快乐。然而，这种满足和快乐却不能用物质回报来衡量。因此，对于教师来说，内心的满足是一回事，所能获得的物质待遇又是一回事，二者不能等同。

写给耶路撒冷大学

在我漫长的一生中，我借助于优越的外部条件的支持，在我所感兴趣的物理学领域取得了一点小小的成绩。我所取得的成绩甚少，而我从世人那里得到的赞誉却甚多，长期以来我都因此而处在挥之不去的不安之中，没有丝毫的洋洋得意。而今天却不同。一看到、一想到你们——我的犹太同胞，我的心中就充满了欢乐，我从你们身上看到了一种民族尊严和自信心。是啊，在短短几代人的时间里，在异常艰难的条件下，我们犹太民族硬是凭借自己的勇气和无数的牺牲、努力，取得了令世人瞩目的成就。这难道不可喜可贺吗？二十七年前，耶路撒冷大学还只是一个梦想和几丝零星的希望；现如今，梦想变成了现实，你们向世人贡献了一所充满活力的现代化大学。耶路撒冷大学宛若一个温馨的大家庭，在这个大家庭里，人与人之间保持着兄弟般的情谊，教与学上盛行着一股自由的风气。现在，这所大学正立于我们民族经过千辛万苦才解放了的土地之上，它是我们这个正处于蓬勃发展中的民族的精神中心和思想阵地。就在不久前，我们民族所取得的成就才得到世人普遍的认可，才得到它应有的声誉。

在我们的民族梦想得以实现的最后这一段时期里，只有一件事在我看来特别重要，那便是：恶劣的处境使我们不得不诉诸武力来伸张应有的正义，捍卫我们的权利。唯有如此，我们才能免于被灭绝的命运。然而，阿拉伯这个新生的国家让我们看到了通过另外一种途径捍卫民族权利的希望。阿拉伯的领导人拥有过人的智慧，同时又懂得谦让和自我克制。只要我们和阿拉伯人相互尊重，相互信任，开展积极有效的合作，一种有着如此坚实基础的友好关系必将于不久的将来建立起来，这也是我们这两个民族摆脱他人束缚、获得真正独立的不二法门。

教育与世界和平

美国，由于其优越的地理位置而免去了遭受其他国家攻击的危险。这使得她可以安然无忧地在学校里开展和平主义的教育，而不必向青年学生灌输军国主义的思想。从这一点来看，美国的确是幸运的。然而，危险还是存在的。这个危险便是：和平教育有可能只是从情感的角度出发而罔顾现实的情况。倘若我们不能充分理解这个问题的复杂性，和平的获得就只是一种奢望。

美国青年首先要明白的是，即使美国不会遭到其他国家的入侵，她也随时有可能卷入到某种国际争端中。美国参与世界大战便是最好的例证。

只有很好地解决了世界和平的问题，国家的安全才能真正有所保障。对其他国家来说是如此，对美国来说也是如此。我们一定要告诉年轻人，安全绝不是通过政治孤立而取得的。恰恰相反，只有整个人类拥有了和平，每个国家才能真正获得和平，这一点必须引起大家的重视。一战快要结束时，时任美国总统的威尔逊先生就提出了要成立国际联盟的想法。然而，由于某些政客的阻挠，美国后来没能加入国际联盟，这在很大程度上阻碍了世界和平问题的解决。学校在教授历史时，一定不能忽略了这一点。

必须指出的是，只要尚武的精神不死，只要还有国家仰仗自己强大的军事力量以求在全世界获得更有利的地位，那么即便是大规模地裁军，也不能保证世界的和平。为了每个国家都能获得和平和安宁，有人主张成立一个国际组织。这个主张颇有道理，它首先得到了法国的支持，也值得我们每个人重视。为了全世界都获得安宁，必须建立一个国际条约，根据这个条约，一旦有哪个国家入侵了另一个国家，所有其他国家都要联合起来共同抵抗入侵者。这样的条约是必要的，然而单单一个条约还不足以保证世界的和平。于是便有了第二个措施：军事防御手段要充分国际化，各国的军事力量要积极地配合与协作；一旦发生入侵的行为，部署在每个国家的力量应该被立刻调动起来，积极加入抵抗的队伍。

应该不断加强国际主义精神，同时要坚决抵抗盲目的爱国主义，后者已然成为世界获得和平的障碍。在学校里，历史教育应该被当作展现人类文明的手段，而不应被作为灌输帝国主义思想的工具。在此，我向年轻的学生们推荐英国作家 H.G.威尔斯[1]所写的《世界史纲》一书。该书不仅能让年轻人对整个世界的历史有个大致的了解，而且还能教给他们许多地理方面的知识。除此之外，读完该书，学生们还能对世界各个民族的特点和风俗有个大致的了解，尤其是其中描述“原始”或“落后”民族的部分，更是不容错过。

---

① H.G.威尔斯(Herbert George Wells，1866—1946)：英国小说家、新闻记者、政治家、社会学家和历史学家，著有《时间机器》等科幻小说、《世界史纲》等历史著作。

论学术自由

当今的大学里，大学教授很多，正直明智的却没有几个；当今的大学里，讲堂和报告厅都建得又多又大，但真正借助它们来追求真理、追求正义的年轻学生却寥寥无几；大自然生产出的器具多如牛毛，但堪称精品的却少之又少。

对于上述这种现象我们早已见怪不怪，干吗还要抱怨呢？难道这些不是早就存在的吗？难道将来不仍旧如此吗？是的，既然大自然赐予你了这些，你就欣然接受吧，不要再有抱怨。然而，还存在一种精神，还存在一种思想，它们在一代人中间相传，为其所处的社会打下了独特的印记。一个时代有什么样的精神面貌，与生活在这个时代里的人有着直接的关系。因此，当时代的精神出现问题时，每个人都有义务去改变它。

今日大学之风气，与一百年前简直不可同日而语。那时的大学校园里充满着自由的精神和蓬勃的朝气，那时的大学对人类的未来充满了希望；那时的大学有着博大的宽容之心和充分的学术自由，那时的大学允许不同意见相互交锋和自由表达；那个时候，所有师生都为着一个共同的理想而努力，这个理想便是：建立一个统一的德国。

再看看今天呢，不错，追求社会进步的理想还在，渴望思想自由的目标还在，甚至组建一个更大的政治共同体即我们所说的欧洲的理想还在。然而物是人非，老师和学生都已不再是当年那样的老师和学生。尤其令人痛惜的是，今天的年轻人已不再能代表我们这个民族的理想和希望。任何对我们这个时代有清醒认识的人都不得不承认这一点。

今天我们相聚在这里，就是为了进行这方面的反思。当然，还有一个更直接的原因，那便是“冈贝尔事件”。冈贝尔教授有着强烈的正义感，面对惨无人道的大屠杀行为，冈贝尔教授振臂而起，一连写了几本书，揭露法西斯分子犯下的滔天罪行。其勇气、其热情，都是令人钦佩的。他的所作所为堪称正义和公正的典范，他通过自己的写作为德国乃至整个人类都做出了重要的贡献。然而，就是这么一个正直的人，却遭到了他所在大学的师生的攻击和驱逐。

我们决不能任由这种政治的嚣张气焰蔓延下去，我们决不能坐视这种暴行而不管。冈贝尔教授是个刚正不阿的人，我相信每一个读过他的书的人都会同我有一样的感受。若想我们的国家朝着健康的政治方向发展，像冈贝尔教授这样的人就必不可少。

希望每个人都能根据自己所受的教育做出独立的判断，而不是按照别人告诉我们的去做。

倘若果真能这样的话，那么冈贝尔教授的遭遇也就不再仅仅是一桩悲剧了，它将给我们带来很好的教益。

论独立思考能力的培养

对我们的教育系统来说，仅仅教给学生一些技能专长还远远不够。这种方式培养出来的只能是某种“有用的机器”，而不是各方面都协调发展的人。让学生深切体会到并真正理解各种价值观念，这是对教育的基本要求。我们一定要通过生动形象的教导方式让学生知道，什么是美什么又是善。倘若我们教给他们的只是些技能专长，他们充其量只能变成一只“训练有素的狗”，而绝不会成为一个人格健全、各方面都协调发展的真正的人。为了培养出真正的人，我们就需要指引学生去了解人类的动机，把握人性的弱点，知悉人们的痛苦，让他们学会善待每一个人，教他们处理好与集体的关系。

这些都是一个人应该学会并拥有的珍贵的东西，我们要把它们传授给年轻的一代，就必须通过言传身教、以身作则的方式，切实地对学生进行引导，而不能简单地通过教科书教学的方式进行填鸭式的宣传。事实上，人类文化正是主要通过言传身教的方式才得以保存与留传的。

如今，各级学校在教育上过于功利化，为了提高所谓的竞争力，他们只教给学生那些能马上用到的实用知识与技能。这样做的结果便是扼杀了包括专业知识在内的所有文化所赖以生存的人文精神。

对于真正的教育来说，帮助年轻人培养起独立的批判性思维也是至关重要的。当前，学校里开设的课程过多过杂，学生们的负担过重，大家都忙着背课本挣学分，哪里还有时间进行认真的独立思考和批判学习。而学业负担太重，也必然导致学生们“浅尝辄止”，仅仅学了点皮毛而已。当我们教授给学生的那些东西都能被他们当作珍贵的礼物来接受而不是当作某种沉重的负担去承受时，我们才能说我们是在进行教育，这样的教育才是真正的教育。

谈谈古典文学

有一些人，他们平常只是读点报纸，或是仅仅阅读当代作家写的东西。这样的人，在我看来，就跟一个患有高度近视却又不愿配戴眼镜的人一样。由于这种人不愿去了解别的东西，所以他们只能将自己固闭在狭隘的思想空间里，任由时代潮流摆布。由于这种人不知道别人的经历，也不知道别人的想法，他们只是按照自己固有的思维在自己狭小的天地里思考、作为，因此他们的视野必然是狭窄的，他们的生活也必然是单调的。

头脑清醒，知识广博，品位高雅，文风独特，拥有如此品质的文人实在难得，一百年才会出现那么几个。他们创作并保存下来的作品都是人类最宝贵的财产。古希腊、古罗马诞生了一批这样的文学家，他们的经典作品给处于黑暗的中世纪的人们送去了一线曙光。在古典文学作品的影响下，中世纪的人们慢慢从束缚他们达五百多年之久的迷信和无知中苏醒了过来，慢慢远离了曾经压迫他们的黑暗生活。

如今的人们太急功近利了，他们对于文学经典太过陌生，他们远离古典文学已太久，现在再没有比改变这种状况更紧迫的了。

论教育

在纪念日，通常首先要追忆往事，尤其是要追忆那些为文化生活的发展做出贡献并且获得殊荣的人。我们绝对不能忽视这种为前辈们组织的友好纪念仪式，这主要是因为，纪念以前的杰出人物可以激励当今的有识之士努力奋斗，勇敢向前。但这种纪念活动应该由这样的人来做：他们熟悉纽约州的历史，年轻的时候就已经与它血脉相连，而不是让我这样一个像吉普赛人一样四处流浪，在异域他乡饱经沧桑的人来做。

因此，剩下的我也只能讲一些与时间和空间无关的问题了，比如一直以来都与教育有关的问题。不过我也只是试着谈谈，不敢以权威自居，因为各时代的智者贤士们对这个问题已经进行了很多研究，也曾多次讲明了他们的观点。对于教育领域的问题，我是半个门外汉，要不是我那点儿个人经验和个人信念作支撑，我哪来的勇气在这里讲述我的看法呢？好在这不是个科学性的问题，否则人们也该被这些顾虑弄得不敢开口了吧。

不过，对于积极主动的人来说，情况就不一样了。这里，单单知道真理是远远不够的。相反，要想真理不至于流失，人们必须不断地努力，不断地温习真理。这就犹如一座屹立在沙漠里的大理石雕像，一直面临着被流沙吞噬的危险，要想雕像永远在阳光下熠熠生辉，人们必须不断地做维护工作。为此我也要出一臂之力。

学校是将各种传统世代相传的最重要途径。以前是这样，当今更是如此。随着现代经济的发展，家庭在承续传统和进行教育方面的功能已被逐渐削弱。因此，比起以前，当今人类社会的延续和兴旺将更加依赖于学校。

有时，人们把学校简单地看成一种工具，靠它把尽可能多的知识传授给下一代。其实不然。知识是死的，而学校服务的对象则是活生生的人。学校应该培养青少年的品质，挖掘他们的能力，实现他们为人民谋福利的价值。但这并不意味着他们的个性可以被扼杀，也不意味着学校只是将他们变成像蜜蜂或蚂蚁一样的社会性工具。因为一个由标准化个体组成的社会和一个缺少个人创造力、缺乏个人目标的社会是不幸的社会，这样的社会根本不可能有所发展。相反，学校的目标应该是培养能够独立思考和独立行事的人，不过，他们要把服务社会当成自己的最高理想。

但如何实现这一目标呢？是不是应该通过说教来实现呢？绝对不是。言词不过是空洞之音，并且永远将是空洞之音。毁灭之路常常以空谈理想为伴。动手动脑才能养成学生的个性，听教说教只能泯灭学生的个性。

因此，最重要的教育方法总是鼓励学生要切实行动起来。比如小学生对写作的牛刀小试，博士生努力撰写毕业论文。或者哪怕只是背诵一首小诗，写一篇小短文，翻译一段小文章，解答一道数学题，参加一项体育运动。

但是，取得每一项成就都离不开动机作支撑。反过来，动机也会在成就中不断汲取营养，变得愈加强烈。动机会有不同，这些不同对学校的教育价值至关重要。做同样的事情，其动机可能源于畏惧和被迫，还可能源于追求权贵和荣誉的雄心；可能源于对事情本身的兴趣爱好，还可能源于对事情真相缘由的渴望。这些兴趣和渴望进而会转化为神圣的好奇心。每个健康的孩子都有这种好奇心，但常常会被过早地削弱。完成同一件事情，学生们受到的教育却大有不同，这主要取决于他们完成这件事情的动机是害怕受伤，是出于利己的热情，还是为了追求乐趣和满足感。然而没有任何人会认为，学校的管理和教师的态度对塑造学生的心理基础毫无影响。

有的学校主要采取恐吓、暴力和权力武断等邪恶的手段对待学生，从而毁掉了学生健康的感情、纯朴的诚意和满满的自信。在我看来，最可怕的事情莫过于此。这样的学校只能教出惟命是从的人。不过，将所有邪恶的手段拒之学校门外，相对而言并不困难。只要给予教师尽可能少的使用强制手段的权力，学生尊敬教师的主要原因就会转向教师的人格和智慧了。

第二种动机就是抱负。说得婉转一些，就是立志做到被人承认和受人尊敬。这种动机在人性中是根深蒂固的。缺乏这种精神刺激，就无法实现人类合作。人人都渴望获得他人的认可，毫无疑问，这种愿望也是社会中最重要的粘合剂之一。但这是一种复杂的情感，其中夹杂着建设性和破坏性的力量。渴望被认可和被重视的意愿本来是一种健康的动机，但是，渴望自己被尊崇为一个比别人或同行出色、强大甚至聪明的人，就容易导致过度的唯我独尊的心理倾向。这种心理无论对个人还是对集体都是有害无益的。因此，学校和教师千万不要通过激发个人抱负的简单方法，达到督促学生勤奋学习的目的。

达尔文提出了物竞天择、适者生存的理论和一些与此相关的理论，这些权威理论多次被人引用，以说明竞争精神值得鼓励。也有一些人使用这种方法，试图伪科学地证明个体之间的破坏性的经济斗争是必要的。但这是错误的，因为人们为生存而斗争的力量要归因于一个事实，那就是：人是一种社会性的生物。这就好比单个蚂蚁之间的斗争对于整个蚁丘的生存影响甚微一样，在人类社会中，个体之间的斗争对社会的影响也是如此。

因此，人们不应该将传统意义上的成功确定为年轻人的人生目标。因为对于成功的人而言，他从人类生活中的索取一般要远远超出他对人类生活的给予。但一个人的价值恰恰就彰显于他给予了什么，而非索取了什么。

在学校和生活中，最重要的工作动机来源于兴趣和工作成果带来的乐趣，以及对该成果的社会价值的认识。依我看，激发和强化青少年的这些心理能力是人们赋予学校的最重要使命。因为只有这样的心理基础才会引导青少年乐意去追求人类的最高财富——文化知识和高超技艺。

当然，激发这种富有成效的心理能力并非易事，比使用强制手段和激发个人抱负的方法要困难得多，不过这些困难也会使这件事更有价值。它的重点在于，学校要培养孩子对游戏的天真爱好，激发孩子渴望获得认可的天真愿望，引导孩子进入对社会有重要意义的领域。因此，孩子们对事业的追求和渴望获得认可的愿望就成了这种教育的基础。如果学校能从这一点出发，做好相关工作，就会受到下一代人的尊敬，学生们也会像接受礼物一样欣然接受学校布置的任务。我就认识一些孩子，他们愿意上学，不愿放假。

这种学校要求教师们要成为自己研究领域的艺术家。那么在学校里如何实现这种艺术家精神呢？对于这一点，并没有什么万能的办法，就像并没有什么灵丹妙药能让一个人永葆健康一样。不过，一些必要条件还是可以满足的。首先，教师应该曾经就读于这样的学校。其次，教师应该有足够的自由来选择教材和教学方法。对于教师而言，强制措施和外部压力也会扼杀他们设计教学工作的乐趣。

如果你一直在跟着我的思路思考，或许你在疑惑这样一件事情：我已经按照我的想法详细地讲述了我们应该以什么样的精神来教育青少年，但我却既没有讲到学科选择，也没有谈到教学方法。那么究竟是让语言为基础的文科教育占主导地位，还是让科学技术为基础的理科教育占主导地位呢？

我认为这些问题都是次要的。如果一个青年人经过体操和竞走训练，练出了结实的肌肉和较强的身体耐力，那么以后所有的体力劳动就不在话下。对于思维的训练和脑力体力的锻炼也都是如此。因此，有位智者讲得不错，他对教育下了这样一个定义："如果一个人忘记了他在学校学习的所有东西，那么剩下的就是他受到的教育。"因此，对于那些强调古典文史教育和那些注重自然科学教育的人们的抗争，我一点都不想选边站队。

另外，还有这样一种观点：学校应该将日后能够直接应用的专门知识和技能教给学生。对此我并不赞同，因为生活提出的要求是方方面面的，学校的专门训练根本不能全部满足。另外，我还反对把一个人当作死的工具来对待。学校应该始终以此为目标：当青年人离校的时候，他是一个得到了全面升华的人，而不是成为了一个专攻术业的专家。在我看来，从某种意义上讲，即使对于技工学校来说，这点也同样正确，尽管他们培养出的学生将来要从事特定领域的工作。获取专业知识并不是学校的首要任务，培养学生独立思考和独立判断的综合能力才是当务之急。如果一个人掌握了学科的基础知识，锻炼了独立思考的思维，培养了独立工作的能力，那么他就一定会找到自己的出路。另外，比起那些在学校主要学习详细专业知识的人来说，他也能更好地适应发展和变革。

最后，我想再次强调一下，我讲的这些话可能多少带点绝对的意味。不过，这只是我的个人观点而已，我的个人观点也只不过来自我做学生和做老师所积累的个人经验而已。

教师与学生
——对孩子们的演讲

为师之道，是唤起孩子的求知欲，激发他们对创造的兴趣。

亲爱的孩子们：

很高兴在这里见到你们。你们生活在幸福的国度里，浑身上下洋溢着青春的快乐，我由衷地为你们感到高兴和自豪。

你们知道吗，你们在学校里所学习到的那些知识和思想，都是世界各个国家的人民辛勤创造出来的，凝聚着几代人的辛劳和心血。今天，它们作为宝贵的遗产被传授给你们，目的就是为了能让你们接受它们、尊重它们、丰富它们，并且有一天再将之传授给你们的后代。这些思想和知识是人类创造出来的能将我们彼此联系起来的纽带，它具有永恒的生命力，靠着它，我们这些凡夫俗子便可以得到永生。

如果你们领悟了这一点并将其铭记在心，你们就会发现生命的真正价值和工作的真正意义，同时你们也能正确地对待其他民族和其他时代的人们。

关于教育:给一位小姐的信

亲爱的N小姐:

你寄来的手稿我已经拜读了十六页,看完后它让我忍俊不禁。你的文章见解独到,充满智慧,文风率直,而且在一定程度上也能自圆其说。不过,缺点也是显而易见的:它夹杂着许多个人的恩怨,也未免太小家子气了。从你的文章中可以看出,你对你的老师有诸多不满。这一点我感同身受,因为我在学校期间也曾遭受过老师不公平的对待。他们对我的特立独行充满厌恶,认为我是一个只会给他们添乱的坏学生。当然,我相信你的表现一定比我那时候要好得多。还是不要旧事重提吧,因为它们压根就不值得我提起,我也压根不把那些不公平的批评当回事。每个人都有自己的追求和自己的行为方式,倘若有人一味地对此抱怨和批评,那只能说明他自己的心胸太过狭窄了。

所以,别再耍小孩子脾气了,也别太在意老师对你的批评了。你的文章不被老师们看好,但你还可以将它留给你的儿女呀。正所谓"子不嫌母丑,狗不嫌家贫",说不定你的儿女会从你的文章里找到某些美好的回忆和安慰呢。至于老师们怎么说,就让他们说去吧。

坦诚地说，我这次来普林斯顿是要做些研究而不是来教学的。我发现，现在的学校，尤其是美国的一些学校，太过注重纯粹的“教育”了。而在我看来，真正的教育之道则在于，以言传身教的方式告知学生哪些是一定不能做的。

祝好！

第五辑　国家、民族与世界

联合国和《世界人权宣言》

为了充分理解《世界人权宣言》的重要意义，有必要先了解一下联合国以及联合国教科文组织成立时的世界形势和时代背景。本世纪前半叶，世界人民普受战争的困扰。现实使人们意识到，按照当时技术发展的水平，要想拥有一个和平、安全的国际环境，就必须建立一个超国家的组织以及一系列可以用来指导各国行为的国际准则。人们越来越感觉到，要想避免国与国之间的冲突，就必须建立一个由世界各个国家参与的国际联盟。

作为上述设想的初次尝试，联合国就这样被建立了起来，它代表了一个新国际秩序的开始。然而，这一组织只是成为了各个国家政府代表的集会地，而没能成为有着自己独立信仰的世界各民族人民的交流平台。更有甚者，联合国的各项决议对各国政府没有任何约束力，而且也缺乏执行这些决议的具体措施。

联合国未能发挥更大作用的另一个原因是，一些国家不被允许加入它。这与联合国作为一个超国家的国际组织的身份是明显不符的。当然，总体来说，联合国还是发挥了重要的作用。自从联合国成立之后，国际争端都被搬到联合国大会上进行公开讨论，这样便大大促进了矛盾的和平解决。联合国这个国际性议事平台的存在使人们看到，只有通过友好的谈判而不是诉诸武力，每个国家的利益才能真正得到保障。

我认为，这种心理上的启示意义或曰教育意义才是联合国最重要的价值所在。世界联盟的成立刷新了传统上对一个人的忠诚的定义，它意味着，一个人不仅要对自己的国家担起责任，而且还要越过国界对其他国家的人们负起责任。为了更好地发挥联合国的作用，联合国这一国际组织就不能只满足于成为政治问题的谈判舞台，它还应该将促进不同文化族群的相互理解、支持各民族在经济、文化上的互助作为自己的任务。

唯有如此，世人才能重新恢复自信。要知道，在战争阴影的笼罩下，在强权政治和狭隘的军国主义思想的压制下，世人的自信已经丢失许久了。没有了自信，没有了相互信任和理解，要建立一个有效的能为世界带来和平的机构或组织是不可能的。

于是后来，在联合国的基础上又成立了联合国教科文组织，后者的宗旨是促进教育、科学及文化方面的国际合作，以利于各国人民之间的相互了解，维护世界和平。与联合国相比，联合国教科文组织在更大程度上避免了强权政治对世界和平的破坏和影响。

联合国意识到，和谐健康的国际关系只存在于这样的群体里，这个群体由诸多健康的个人组成，每个人都享受着一定的独立。正是受到这种意识启发，联合国开始着手制定旨在维护人类基本权利的《世界人权宣言》。1948 年 12 月 10 日，联合国大会全体会议正式通过了这一重要文献。

《世界人权宣言》建立和提出了一系列简明易懂的准则和主张，这些准则和主张旨在保护个人的基本权利不受侵犯，旨在避免个人在经济上遭到剥削，旨在促进个人的发展，旨在确保个人有选择和行动的自由。

接下来，在所有成员国中传播这些准则和主张便被联合国当作了一项重要的任务。让全世界的人都关注到《世界人权宣言》所提出的主张和建立的标准，这是联合国教科文组织为全世界人们做出的又一重要贡献，它为世界各国走上正轨铺垫了基础。

既然《世界人权宣言》不可避免地采用了法律文件的形式，那么它就必然会给人某种“死板”的印象，从而引起无休无止的讨论。由于现实情况复杂多样，这份文件也不可能将所有国家的所有情况都考虑进去。同时，由于这份宣言在某些地方表述不是那么明确，这也引起了人们对它的不同诠释。尽管《世界人权宣言》还存在诸多缺陷和不足，可它的宗旨却是清晰明了的，它为人们的行为以及事务的决断提供了一个恰当的、被世人普遍认可的指导原则。

确立并认可某个原则是一回事，将这个原则作为行动纲领和指南并按照它而展开行动则是另一回事。那些对宗教史有所了解的人对这一点肯定不会陌生。只有联合国按照它自己所颁布的《世界人权宣言》所提出的主张去做了，《世界人权宣言》才能真正发挥应有的作用，施展积极的影响。

黑人问题

在写这篇文章时，我在美国生活才刚满十年，因此对美国本地人来说，我还是个“新来者”。然而，我是本着十分严肃的态度来写这篇文章的，我想通过自己的写作来提醒美国人注意，美国还存在一个严重的问题。有些读者或许会问：“你一个新来者，怎么有资格来谈论仅与我们有关的问题呢？”

在我看来，这种质疑是没有道理的。一个人成长于某个社会，在这个社会生活久了，很容易将这个社会的一切都认为是理所当然的。而一个外国人，在他人到中年时移民到了这个国家，那么他对这个国家的一些特别现象和独特特征则会有更敏锐的觉察。我认为，他应该把他在这个国家所看到的、所感受到的自由地表达出来，这样对大家都有好处。

美国是个民主的国家，正是这一点才吸引了全世界无数人来投奔她。然而在这里，我并不想谈论美国政治体制和美国式的民主，尽管这方面值得大书特书。我只想谈一谈美国个人之间的相互关系以及他们对彼此所持的态度。

在美国，个人的尊严和价值被提高到了极其高的位置。每个人都有自己存在的价值，没有人会感到在别人面前低人一等。在美国，一个地位卑微、一文不名的人，在有权有钱者面前绝不会感到自卑，也不会遭到他的同胞的蔑视和不友好对待。

然而，美国社会中却存在一个污点：他们对平等和人性尊严的态度主要局限于白种人。而即便是在白种人中，偏见也是存在的，身为犹太人的我对这一点再熟悉不过了。然而，比起白种人对他们那些有着深色皮肤的同胞（特别是黑种人）所持有的态度，这些偏见就显得微不足道了。我在这个国家生活得越久，这种状况就越是让我感到痛苦。只有将它说出来，我才能摆脱同案犯的感觉。

对于我提到的这个问题，一些有耐心的人或许会这样回复我："我们之所以会如此对待黑人，那是缘于我们同他们在一起生活时有过的种种不愉快的经历。黑种人不仅在智慧上无法跟我们相比，在责任感和可信度方面也不能跟我们相提并论。"

我坚信，凡是相信上述这种看法的人，一定对历史存在致命的误解。别忘了，是你们的祖先通过暴力手段将这些黑人从其家园掠夺过来，将他们当作你们的奴隶和工具的。你们正是通过对黑人的压榨和剥削，才换来了你们的巨大财富和安逸生活。如今你们依然对他们采取歧视的态度，无非是为了继续维持对他们的压榨和统治。这不能不说是一种可耻的行为。

古希腊也有奴隶，不过这些奴隶不是黑人，而是战争中被俘获的白人。既然奴役者和被奴役者都是白种人，当时的古希腊也就不存在种族上的差异了。然而值得一提的是，亚里士多德，那个大名鼎鼎的古希腊哲学家，竟然也把奴隶看成是下等人。在他看来，奴隶不配拥有自由，他们理应接受被奴役的命运。很明显，堂堂的一个大哲学家也陷入了传统的偏见之中，尽管他智慧超人，但他在对待奴隶这件事上表现得却不是那么明智。

一个人对待事物的态度在很大程度上取决于他在童年时耳濡目染的种种情感和观念。换言之，除了天生的原因之外，是社会传统使我们成为了现在的这个样子。很少有人能意识到，与传统的强大影响力相比，意志对我们行为与观念的影响实在是小之又小。

传统的力量是巨大的，但这并不意味着我们在传统面前就无所作为。倘若我们想让人与人之间的关系朝着更好的方向发展，我们就必须正视传统并对其采取一种批判的态度。我坚信，随着我们意识的觉醒和智识的提高，要做到这一点并不难。当然，我们先要弄清楚，在我们所继承的传统中究竟有哪些是有辱我们尊严、影响我们生活、威胁我们命运的。

对黑人的歧视便是这样一种卑劣的、有害的传统，我相信，但凡愿意真诚思考问题的人都会同意这一点。

那么，面对如此根深蒂固的种族偏见，善良的人们应该做些什么呢？他必须鼓起勇气，切实地同这种不公平、不合理的现象做斗争，为世人树立榜样。与此同时，他还要时刻提防着不让自己的下一代受到这种偏见的影响。

当然，在彻底清除这一顽疾之前，还有很长的路要走。然而，人生的意义就在于奋斗的过程，对于一个正直而善良的人来说，再没有比看到自己正为一项伟大的事业而奋斗直到目标实现更快乐更满足的了！

致阿拉伯人的一封信

阁下：

来信收悉，倍感欣慰。你的来信让我得知，为了我们两个民族的利益，为了解决当前问题，贵方亦表现出应有的诚意。我相信，目前的问题大多并非真实存在，而主要是心理作祟。只要我们双方表现出诚意和善意，这些难题均可解决。

在强权面前，犹太人和阿拉伯人将对方视为敌人，相互争斗，这便是当前形势趋于恶化的根源。目前情势对我们双方的民族均无益处。除非找出双方都认可的解决方法，否则无法改变当前状况。

我将提出我认为可以解决当前难题的方法，但同时我也要申明，这只是我的个人意见。我未曾和任何人谈论过这些想法。我用德文写这封信，一是由于我无法用英文书写，二是因为我愿承担由此引发的一切责任。我相信，你一定可以找到能克服偏见与敌意的犹太朋友为你翻译这封信。

为解决当前问题，应成立一个类似“枢密院”的机构，犹太人和阿拉伯人各自推举出四名无党派代表。

双方的四名代表应是：

一名医生，由医学协会选出；

一名律师，由律师协会选出；

一名工人代表，由行业工会选出；

一名神职人员，由教会选出。

双方共八名代表，每周会面一次。他们均需承诺，不会为片面的行业利益和民族利益所左右，而是要秉持良知，尽力为全国所有人的福祉而奋斗。他们的讨论内容应该保密，严格禁止代表们泄露讨论内容，即使是非公开泄露也不允许。当双方各有不少于三人赞同时，决议才能通过。决议可以公开，但必须以整个机构的名义。如果某位代表持不同意见，他可选择退出。但退出后他仍负有保密义务。如果上述某一推举代表的行业对本机构的决议不满，可以撤换其代表。

尽管这个“枢密院”并无明确的权力，但它却能够做到不为任何朝令夕改的政见所玷污，能将分歧逐渐转化为和解，在强权面前全面体现全国所有人的利益。

1930 年 3 月 15 日

我的美国印象

正如所承诺的那样，我必须谈一谈美国给我的印象。然而对我而言，这并不容易，因为我在美国得到的友好款待以及让我受宠若惊的尊重使得我很难从一个客观的角度去公正地评判这个国度。不过现在，暂且让我就此谈一谈吧。

依我看，个人崇拜永远是不公正的行为。可以坚信，尽管每个人所被给予的方式不同，但是大自然对她所有的子民都是公平的。然而，世界上绝大多数天才，都过着平凡安静而又低调的生活。对其中的一小部分人充满溢美之词，并认为他们具有伟大的心灵与非凡的人格魅力，这些都让我感到不公，甚至庸俗。这就是在我身上所发生的：大家对我能力和成就的评估与真实情况反差太大，甚至使人感到奇怪。这种反常现象背后的观念让人无法忍受，但其中存在着这样一种思想，让人感到安慰：在这个通常被斥责为享乐主义的时代里，英雄则是指在知识和道德范围内有所建树的人。这是个令人高兴的现象，它证明大多数人还是将知识和正义置于财富和权力之上的。我的经历告诉我，虽然美国常常被谴责为极其贪图享乐的国家，但这种推崇知识和道德的理想主义人生观却尤其盛行。题外话说完，是时候进入正题了，希望我这些简单的评论不会言过其实。

最令游客惊讶的是这个国家在技术与组织方面的优势。相比欧洲，这里的日用品质量更佳，房屋建设的布局亦更为简洁方便。这一切设计的出发点都为节省劳动力。美国自然资源丰富，人口相对稀少，故而劳动力昂贵。高价的劳动力是促进技术设备和工作方式取得巨大进步的原因。与之相比，人口密集的中国或者印度则是另一极端，那里廉价的劳动力已经阻碍了机械化发展。而欧洲则处于这两者之间。一旦机器得到充分的发展，最终它将比最低廉的劳动力还要便宜。欧洲那些政治思想狭隘的法西斯主义者们，希望自己的国家人口越来越密集，他们确实要以上述事实为鉴。不过与这点优势形成奇怪对比的是，忧心忡忡的美国通过禁止性关税来防止外国商品进入国内……不过作为一名普通的游客，我不必为这种事情绞尽脑汁，毕竟并不是每一个问题都要有一个合理的答案。

游客注意到的第二点则是美国人愉快乐观的生活态度。照片里人们脸上的笑容是美国最宝贵的财富之一。美国人友好、自信、积极，没有嫉妒心，欧洲人会发现与美国人交往轻松又愉悦。

与美国人相比，欧洲人则更吹毛求疵，矫揉造作，没有那么好心和乐于助人，更加孤僻，在娱乐与阅读方面也更挑剔，大体而言，他们或多或少是个悲观主义者。

他们为了追求生活中的物质享受，可以牺牲自身的平静、无忧无虑以及安全。与欧洲人相比，美国人更为理想和未来而活，对他们而言，生活永远在变化，不会停滞不前。在这方面，与美国人相比，欧洲人和俄罗斯人以及亚洲人更相似。但是从心理而非经济的角度来看，美国人没有欧洲人那么个人主义，因此比欧洲人接近亚洲人。

他们更多地强调“我们”而不是“我”。这种心态自然会导致习俗和传统的力量异常强大。与欧洲人相比，美国人在人生观以及道德和审美思想上更加一致，这一事实也是美国经济优于欧洲经济的主要原因。在美国，无论是在工厂、大学还是私人企业，合作和劳动分工都比在欧洲要简单容易而且冲突较少。美国的这种社会意识可能部分来源于英国传统。

与之明显相矛盾的事实是，与欧洲国家相比，美国政府的权力更加有限。欧洲人会十分惊讶地发现，在美国电报业、电话业、铁路和学校大多由私人掌控。正如我刚刚所提及的，更加社会化的个人主义使这一切都顺理成章。这一观点导致的另外一个结果是，虽然美国两极分化极为严重，却并非不能忍受。与欧洲相比，美国富人的社会意识发展得更为充分。他们认为将自己的一大部分财富甚至精力奉献给社会是理所当然的，而且公众舆论的压力也会迫使他们这样做。在美国，最重要的文化部门也由私人掌控，相对而言，政府管理的部分则很有限。

毫无疑问的是，政府的优越性已经被禁酒令①极大地削弱了，因为没有什么比不能实行的法令更能摧毁政府的声望和法律的神圣了。众所周知，美国犯罪率危险地上升与此有着紧密的关系。

我认为禁酒令还以另一种方式削弱了政府的能力。要知道，酒馆可是人们就公共事务交换观点和思想的地方，而这里的人们却没有机会做这样的事情，公众舆论基本上都是由几个利益集团所控制的新闻媒体制造的。

与欧洲相比，美国仍然过高地评估了金钱的重要性，但这种趋势正逐步减弱。人们开始认识到，巨大的财富并不一定能够让人拥有幸福美满的生活。

---

① 禁酒令：美国禁酒令即美国宪法第十八修正案，该法案宣告除私下拥有、饮用外，酒类酿造、运输和销售是违法的，实质上颁布了酒类饮料的禁制令。第十八修正案在1919年1月16日达到足够数量的州认可，并于1920年1月17日生效。

至于艺术方面，我确实被美国现代建筑和日常生活用品所展现出的高品位所折服。然而另一方面，与欧洲相比，视觉艺术和音乐在美国人的生活中并不占有太重要的地位。

我对美国科学技术研究所取得的成就高度赞赏。试图将美国科研日益增长的优势仅仅归功于财富的优越性是不妥的，热情、耐心、同志之谊和合作能力在科研的成功中起着重要作用。最后我还观察到了一点，即：美国是当今世界实力最强大、技术最先进的国家，其对国际关系的影响力是十分巨大的。美国虽然是一个大国，但是美国人民到目前为止还没有对国际问题表现出很大的兴趣。就算仅仅是为了美国的利益，这一点也需要改变。上一场战争表明，大洲之间已没有任何的障碍，所有国家的命运都紧密相连。美国人民必须认识到他们在国际政治领域里的重大责任和义务，美国人民不应该再扮演被动的旁观者的角色，否则将注定会迎来全面的灾难。

感谢美国

尊敬的市长先生，女士们、先生们：

你们以如此高的规格接待我，这让我这个来自异国的人真有些受宠若惊。不过，作为一名从事科学研究的人员，我还是为能受到如此对待而感到万分的高兴。这次聚会向世界表明，今天的人们已不再把世俗的权力和财富看作人生最高的目标追求，这很令人感动。倘若再考虑到这一趋势是通过正式的、官方的渠道来宣布和传达的，这就更令人拍手称赞了。

两个月前，我有幸来到美国这块福地，有幸同我的美国同行度过一段美好而难忘的岁月。在这里我看到，美国人本着务实求真的精神，赋予了科学事业以崇高的价值。有相当一部分人将其精力和财力都奉献给了伟大的科学研究事业，从而为美国这个国家的繁荣与富强做出了巨大的贡献。

尤其难能可贵并让人充满感动的是，美国对科学研究的重视和资助超出了美国这个国家的边界，扩展到了更广阔的国际领域。美国的一些科研机构和科研人员不仅关注国内的科学研究，而且还慷慨解囊，对其他国家的科研机构提供支持和帮助。这使其他国家的人们感到欢欣鼓舞，这使美国人感到无比的骄傲。

美国人这种具有国际视野和全人类情怀的做法令全世界都为之感动，并受到欢迎，因为当今世界比任何时候都更需要国际视野和全人类情怀。对于那些走在世界前列的国家和个人来说，他们若想拥抱一个美好灿烂的未来，他们就必须走出国界，具备国际性的眼光。出于一种崇高的责任感，美国人已经在科学研究领域向世人展示了其国际性的一面。我希望，在不久的将来，这种国际性视野能扩展到政治领域。原因很简单，在处理有关国际关系的事务中，倘若没有美国这个大国的积极参与和通力合作，一切努力最后都会大打折扣。

再次感谢你们的款待，尤其要感谢知识界的朋友，我的美国同行们，很怀念与你们在此度过的两个月的美好时光，你们的友好相待和诚挚关心将让我终生难忘。

答美国女士

爱因斯坦要前往美国进行访问，美国的一个妇女联盟组织听说这个消息后，对此表示了抗议。针对这些抗议，爱因斯坦给出了如下答复。

此前，我从未遭遇过如此强烈的来自女性的反对；即便有过这样的遭遇，也绝不像这次这样数量之众多。

不过，如此多的美国妇女对我这次来访保持高度警觉，这或许自有其道理。试想一下，哪一个美国人愿意为一个大力抨击资本家的人伸出橄榄枝呢？更何况，这个人还不遗余力地反对任何形式的战争（他与妻子的战争除外）！熟悉罗马历史的人都知道，正是由于一群忠诚的雌鹅在那里咕咕地叫个不停，古罗马朱庇特神殿才没有毁于一旦。而那些对我这次美国之行表示反对和抗议的美国妇女就像是古罗马的那些雌鹅，她们有着聪明的才智和一颗滚烫的爱国心，整个美国都应该为此而感到骄傲和自豪。

给日本小学生的一封信

日本的小学生们：

我在遥远的异国向你们发去我对你们的诚挚问候。你们的国家是一个美丽富饶的国家，我曾有幸到那里参观访问。那里有富裕的城市，有漂亮的房子，有郁郁葱葱的森林和美丽的大好河山。所有这一切都给我留下了深刻的印象和美好的回忆，我想这也是你们热爱你们国家的原因吧。如今，在我的书桌上还摆放着一本厚厚的大书，上面画满了日本小朋友画的五颜六色的画。

我从遥远的异国给你们写信，这实际上是一种跨越国界的交流。不过，你们知道吗，不同国家人们间的友好交流与相互理解直到今天才成为可能。以前，国家之间相互漠视，事实上经常处在彼此仇恨或畏惧之中。“四海之内皆兄弟”，但愿国与国之间能够保持住这兄弟般的感情，但愿这种感情能愈久弥笃。与此同时，我也希望你们这一代能在促进国与国之间友好相处方面比我们这一代做得更好。这是我这位来自异国的老人发自肺腑的话。祝福你们，我的日本小朋友！

关于重建巴勒斯坦之演讲

1

十年之前，我第一次有幸就犹太复国的事业向大家作演讲，那个时候我们几乎把所有的希望都放在了未来上。而今，我们怀着欣喜的心情回望这十年。这十年里，犹太民族众志成城，成功且出色地完成了在巴勒斯坦的建设工作，这放在当时，我们肯定想都不敢想。

我们还成功地经受住了严峻的考验，过去几年里发生的事情使我们受到了考验。高尚的目标支持我们不懈努力，工作虽然一直进展缓慢，但是必将通向成功。英国政府的最新声明表示会重新给我们一个更为公正的决断，我们已经注意到这一点并且对此心怀感激。

但是我们一定不要忘了该危机教给我们的教训。换句话说，不要忘记犹太人和阿拉伯人之所以能够建立满意的关系，与英格兰不相干，而是我们自己的功劳。我们，即阿拉伯人和我们自己，必须就互惠的伙伴关系的要点达成一致，并且这些要点须满足两个民族的需求。一个合理的并且值得两个民族为之努力的解决方案，其重要性并不亚于去推进建设工作本身，并且一样值得我们付出努力。请铭记：比起其他任何民族国家，瑞典之所以能够代表更高的政治发展水平，恰恰是因为它在众多纷纭的民族群中建立一个稳定的社会之前，不得不解决更为棘手的政治问题。

仍有许多事情要做，但是赫茨尔所定的众多目标中的其中一个至少已经实现了。在巴勒斯坦完成的任务，使犹太人高度团结起来，其团结程度引人惊叹。此外，这给犹太人也注入了乐观主义精神，没有这种精神，任何有生命的个体都无法健康生存。

我们为共同的目标所做的任何事情，不单单是为了身处巴勒斯坦的我们的同胞，而且是为了整个犹太民族的福祉与荣耀。

2

今天我们聚集在一起，是为了唤起我们的记忆：关于我们古老的集体，其命运沉浮及其所经历的遭遇的记忆。这个集体拥有道德传统，在艰难时期，总是彰显出其力量与生机。古往今来，这个集体造就了一些代表西方思想的人物，造就了一些捍卫人类尊严和正义的人物。

只要我们自己关心这个集体，为人类谋福利，这个集体就会一直存在下去，尽管这个集体并不拥有独立自足的组织。一二十年前，我们的民族中活跃着一群具备远见卓识的人，赫茨尔便是其中出类拔萃的一位。他们达成了这样一个结论，即：为了保存我们在艰难时期形成的团结意识，我们需要一个精神中心。由是，犹太复国主义的思想便应运而生，继而在巴勒斯坦的重建工作开始铺展开来。我们有幸见证了它的顺利推进，至少我们看到它已经卓有成效地开始了。

令我非常高兴而且满意的是，我有幸看到该成就对犹太民族的复兴做出的巨大贡献。犹太族是众多民族中的一个少数民族，不仅饱受外来威胁，而且深受心理创伤之苦。

过去几年里，建设工作不得不面对危机，该危机使我们心思重重，而且我们尚未完全克服此危机。但是最新近的报道表明，别的国家，尤其是英国政府，有意愿去认可我们为犹太复国的理想所做的努力其背后的重大意义。此时此刻，请让我们怀着感激之情，铭记我们的领袖魏茨曼。这项伟大的事业能够得以成功，要得益于魏茨曼的热情与谨慎。

我们在历经艰辛的同时，也收获了一些好处。这些艰辛再一次向我们表明：联系着犹太人之间的纽带是多么强大。此外，该危机使我们对有关巴勒斯坦的问题态度不再含混不清，不再掺杂狭隘的民族主义情绪。我们已经清晰地表态：我们寻求的目的不是建立一个政治社会，我们的目的是要在遵循犹太人传统的同时，创建一个最广泛意义上的文化社会。由此看来，我们应与我们的阿拉伯弟兄并肩努力，以一种开放、慷慨而且值得尊敬的方式，一同解决生活问题。在这里，我们有机会展示我们学习到的积淀了数千年历史的牺牲精神的内容。如果我们选择了正确的道路，我们将会获得成功，而且给世界其余的民族提供范例。

我们为巴勒斯坦所作的任何事情都是为了整个犹太民族的荣耀和福祉。

3

你们的国家忠于犹太人的共同目标，我很高兴有机会对这个国家里的年轻人谈几句话。不要因为我们在巴勒斯坦遇到了困难，我们就感到心灰意冷。这些困难是用来考验我们集体生存的意志的。

英国政府的某些做法和声明已经得到应有的批判。然而，我们一定不要不管不问，而应该从经验中吸取教训。

我们需要高度重视我们同阿拉伯人的关系。认真处理好该关系，我们以后就能够防止事态发展到过于紧张的地步，过于紧张的事态是如此危险，以至于有人趁势挑拨离间、激发敌意。我们完全有能力实现这一目标，因为我们的建设工作已经是，而且将来继续是，朝着也为阿拉伯人的真正利益服务的方向开展。

通过这种方式，我们就能够避免使我们自己不那么频繁地陷入不利于犹太人和阿拉伯人的处境，这种不利的处境必须召请委任国来做仲裁者。因此，我们应当遵从的不仅仅是上帝的指令，还要遵从我们的传统。单就传统而言，它就赋予了犹太人的集体以意义和稳定。因为那样一个集体不是而且永远不可能变成一个政治组织。这是人们能够获得新的力量的源泉，是亘古不变、唯一的源泉，这是合理存在的唯一根据所在。

4

过去两千年里，犹太人的共同财产不外乎其历史。我们的民族广泛散于世界各地，除了仔细保存的传统之外，并没有什么共同的东西归我们的民族所有。个别犹太人确确实实做过一些伟大的功绩，但是犹太人作为一个整体，似乎没有余力去做一些伟大的集体事迹。

现在一切都改变了。在建设巴勒斯坦的过程中，历史以主动合作的形式，赋予了我们一项重大而高尚的使命。我们种族那些杰出的成员已经倾其所能，为实现该目标而努力。呈现给我们的机会是建立多个文明中心，整个犹太民族应该把文明中心的建设视为自己的事业。我们怀抱希望，要在巴勒斯坦建立一个拥有我们自己民族文化的家园，这个家园将有助于复苏近东的物质生活和精神生活。

犹太复国主义运动的领导人有的放矢，不是要达到政治目的，而是要达到社会和文化目的。巴勒斯坦的犹太集体，在对待我们先辈的社会理想时，必须要把它当做《圣经》里所钦定的那样去看待。与此同时，这个集体必须成为现代知识生活的重要组成部分，成为全世界犹太人的精神中心。按照这个观点，在耶路撒冷建立一所犹太大学，是犹太复国主义组织最重要的目标之一。

过去几个月里，我去了美国，目的是帮助那儿的大学获得物质援助。这项事业取得成功完全是顺其自然。多亏了美国的犹太博士，感谢他们不遗余力以及他们牺牲自我的精神，我们成功地为医学系的创立募捐到了足够的资金，而且紧接着开展了初步工作。经此成功后，我于是相信，其他院系很快就会获得物质支持。医学系最先需要被开发成一个研究机构，然后专注于整个国家的保健事业，这是发展工作中一个最重要的项目。之后，大规模的教学才会变得重要起来。由于许多非常能干的科研工作者已经表示准备在大学任职，医学系的建立毫无疑问是应得其所。我再补充一点，一个特殊的基金已经在大学成立，该基金完全不同于国家发展的一般基金。由于魏茨曼教授及其他犹太复国主义运动领导人不知疲倦的辛勤劳动，更由于一些中产阶级人士的自我牺牲精神，这几个月里我在美国募捐到了可资利用的数额不菲的钱款。最后，我恳请在德国的犹太人为巴勒斯坦犹太家园的建立慷慨解囊，尽管目前经济困难重重，希望每个人都能竭尽自己所能做出贡献。这并非关乎慈善，而是关乎一项伟业，关乎所有犹太人，它的成功将为所有犹太人带来前所未有的满足感。

5

对于我们犹太人而言，巴勒斯坦的重建不单单是一项慈善事业或者殖民式的事业，而是对犹太民族来说一个极具重要的难题。巴勒斯坦主要还不是东欧犹太人的避难所，而是整个犹太民族合作精神复苏的体现。唤醒并且增强这种合作意识，现在难道不是正当其时吗？我认为有必要回答“是”，虽然这个肯定的回答还有欠成熟。这不仅仅是出于我自发的感情，同时也有其合理的根据。

让我们把目光投向过去百年间德国犹太人的历史吧。一百年以前，我们的先辈，几乎无一例外地住在隔离区。他们贫穷，没有政治权利，由于宗教传统、生活习性的差异以及法律的限制，他们与非犹太人隔离开来。他们的智识发展受限于他们自己的文学，虽然自文艺复兴以来，欧洲智识得到了强健的发展，可犹太人却几乎没有受到影响。然而，与我们相比，这些默默无闻且谦卑的人们却拥有一个巨大的优势：他们中的每一个人都完完全全地属于一个集体，在这个集体里他完全被接纳，在这个集体里他感到他自己是一个完全享受特权的成员，他完全可以率性而为。那些岁月里，我们的先辈虽然智识上贫瘠、体能上虚弱，但是从社会的层面而言，他们却享有令人羡慕的精神上的优越感。

然后便是思想解放。突然之间，思想解放为个人提供了做梦也没能想到的各种可能性。极少的一部分人迅速为他们自己在商业以及社会的更高级的行业中谋求到了位置。他们贪婪地舔食着西方世界里艺术和科学所取得的辉煌的成就。怀着炽烈的热情，他们加入了这个行列，并且做着极其有益的贡献。与此同时，他们模仿非犹太人生活的外在形式，渐渐背离了他们自己的宗教和社会传统，并且采纳了非犹太人的习俗、礼节以及思维习惯。处于各个民族占数量优势且组织度更高的文化中，他们看来似乎已经完全失去了自己的身份。他们在这些民族里生活，结果是，几代之后，他们没有留下任何生存过的痕迹。在中欧和西欧，犹太民族性的完全消失似乎无法避免。

然而，事情的结果却是另外一番模样。不同种族的民族性似乎具有一种本能，这种本能阻止他们杂糅。不管犹太人在语言、礼节乃至在宗教形式方面有多适应于他们居于其间的欧洲民族，犹太人和作为东道主的民族之间那种相异感从来就不会消失。这种自发的感觉是导致反犹主义的最终原因，因此即便有些人嘴上说他们心怀好意，反犹主义依旧存在。各个民族想走自己的道路，不想混杂。只有互相包容、互相尊重，才能使事态朝着令人满意的方向发展。

朝着这个方向，所做的第一步便是我们犹太人应该重新意识到我们是作为一个民族而存在的，应该重获自尊，这种自尊对健康的生存是必要的。我们必须重新学习，为我们的先辈和历史感到自豪。作为一个民族，我们必须重新主动承担文化重任，增强我们的集体意识。在人类文化发展的过程中，单单以个人的身份去发挥作用是远远不够的，我们还必须攻克一些难题，那些难题只有民族作为一个整体才能予以解决。唯有如此，犹太人才能在社会上重新赢得尊严。

我希望你们能够从这个角度去看待犹太复国主义运动。今天，历史已经赋予我们使命，去积极参与我们故国的经济与文化重建。一些热心者和才俊已经在前方扫除了障碍，而且我们种族里众多优秀者也做好了全心全意投入到这项事业的准备。愿我们中的每一位都能充分意识到这项事业的重要性，愿我们中的每一位都能根据他的能力，为这项事业的成功做出贡献。

少数族群

少数族群常常被那些人数众多的多数族群看作是低人一等的人类存在，尤其是在构成少数族群的个体在外貌特征上明显区别于那些多数族群时，情况就更是如此。这似乎是一个普遍存在的事实。这个事实的悲剧性不仅在于来自少数族群的人们在社会、经济方面天然地遭受到各种不公平的对待，而且还在于，在持“种族优劣论”的多数族群的暗示、影响下，那些来自少数族群的人们自己也渐渐习惯了这种种族偏见，将自己及其同族人视为低人一等的人类。相较于他者的偏见，自我的贬低则更加可怕，好在我们可以想办法将其芟除。只要大家携起手来，在少数族群中间开展各种教育，原先的自我偏见就会得到纠正，人们的灵魂就会得到解放。

在这方面，美国黑人做得就比较好，值得我们效仿。

是否存在犹太人的观点？

我认为在现有的哲学观里，并没有犹太人特有的观点。在我看来，犹太教似乎仅涉及生命中的道德看法和对生命的道德态度。因此，我将犹太教视为融于犹太人血液的生命观，而非摩西《五经》中所规定的或者在犹太法典《塔木德经》中所阐释的戒律。依我看，《五经》和《塔木德经》仅仅有力地证明了早期决定犹太人生命观的方式。

我认为那种生命观的本质似乎在于对万物的生命持有一种肯定的态度。只有促使其他一切生命变得更加高贵、美好，个人的生命才具有意义。生命是神圣的，也就是说，生命即是至高无上的意义，其他意义均是次要的。视个人生命为神圣之物，并且进一步尊崇一切精神层面的事物，这是犹太传统的一个尤其显著的特征。

犹太教并非一系列信条，犹太人的上帝其实是迷信的对立面，是破除迷信后的想象的产物。犹太教也企图将道德律建立在恐惧的基础之上，结果却令人遗憾、徒遭质疑。然而照我的看法，犹太民族强大的道德传统恰恰使它在很大程度上从这种恐惧中解脱出来。显而易见，“服务上帝”等同于“服务苍生”。犹太人中最杰出的人物，尤其是众先知和耶稣曾不知疲倦地为此斗争。

因而,犹太教并非一种玄奥的宗教,它和现实生活息息相关,而且是人们在一定程度上可以领悟的生活,仅此而已。由此,我怀疑犹太教是否可以被称为真正意义上的宗教,尤其是因为犹太教并不要求犹太人具有宗教信仰而是要求他们实现超个人意义上的生命的神圣性。

我所描述的就是犹太教的明显特征吗?会在别处以另外的名义找到它吗?世界上并没有绝对纯粹的东西,即便是犹太教也没有。不加节制的尊崇经文反而遮蔽了纯粹的教义。在我看来,犹太教似乎是最纯粹最富有活力的宗教之一,因为它以生命的神圣性为基本原则。

举个典型例子来说吧,就是动物也被迫遵守戒律,为的是保持安息日的神圣。这种理念如此强烈以至于要求万物苍生团结一致。但是,要求全人类团结一致的主张则更加强烈,所以社会主义的要求多半由犹太人首先提出来也就不足为怪了。

沃尔特·拉特南[①]曾经跟我说过这样一句话:“当犹太人说他打算捕猎以自娱时,他在撒谎。”这句话再恰当不过地表现了犹太人对生命怀有的神圣感。

---

① 沃尔特·拉特南(Walther Rathenau ,1867—1922):德国政治家、作家、实业家。

他们为什么讨厌犹太人？

首先，我想讲一则古老的寓言故事，但是其中的细节做了一些小小的变化，以帮助大家明白政治上反犹太主义的主要动机。

有一天，一名牧童对一匹马说："在地球上的走兽之中，你是最高贵的动物。因此，你本应该享受无忧无虑的福佑。如果不是奸诈的雄鹿，你就能享受十足的幸福了。然而，为了在脚力上超越你，雄鹿从小就勤加锻炼。他奔跑的速度比你快，所以比你早先到达小池塘。四处的池水都被雄鹿家族喝光了，而你和你的小马驹就只能忍受口渴。所以，跟我一起吧！我的智慧和帮助将会拯救你和你的同伴于困境之中。"

对雄鹿的嫉妒和仇恨蒙蔽了马的双眼，于是他答应了牧童的提议，屈服于他的缰绳之下。从此，马就失去了自由，沦为牧童的奴隶。

这则寓言中的马代表了一个民族，而牧羊的少年则代表了渴望绝对统治人民的阶级或党派，雄鹿则代表了犹太人。

也许你们会说："这则寓言不真实！根本就不可能有哪个动物像你寓言中的马那样愚蠢。"但是，诸位再琢磨一下，那匹马已经遭受了口渴的痛苦，当看到动作敏捷的雄鹿超越他时，他的虚荣心常常会受到刺激。你们未曾体味过此种痛苦与烦恼，也许很难理解。仇恨和盲目确实能驱使这匹马做出如此有欠考虑的匆忙之举，从而受骗上当。然而，这匹马轻易成为了诱惑的受害者，因为正是他之前的苦难使他铸成如此大错。下面这则格言更能说明道理：人们很容易对他人提出公正而明智的建议，自己却很难做到公正明智。我可以断言，我们所有人都会经常扮演类似这匹马的悲剧角色，不断地处于再次向诱惑屈服的危险之中。

这则寓言中的情形一而再再而三地在个人和国家的生活中上演。简而言之，我们也许可以称之为一种过程，即：特定的一个人或某一群人的厌恶和憎恨之情转移到另一个人或群体之上，而另外的这群人却不具备有效的防卫能力。但是为什么这则寓言中雄鹿的角色经常由犹太人扮演呢？为什么犹太人如此易于引起大众的憎恨？主要原因在于，几乎所有的国家都有犹太人的身影，而且他们分散在世界各处，所以势力薄弱，以至于无法保护自己免于暴力袭击。

历史上有一些例子能够证明这一点。俄国人民在他们政府的苛政之下变得恼怒不堪，而政府外交政策中所犯的愚蠢错误进一步激化了人民的愤怒，以至于快要达到爆发点。在这千钧一发之际，俄国统治者努力寻找转移动荡局面的方式，于是他们煽动群众对犹太人的憎恨和暴力行为。俄国政府将 1905 年的革命扼杀在血泊之中后，不断地故技重施。这种策略帮助这个可恶的政体掌握大权，一直持续到第一次世界大战即将结束之时。

当德国输了他们统治阶级所策划的第一次世界大战时，他们立即做出责怪犹太人的举动，斥责他们煽动了战争，后来又输掉了战争。随着时间的流逝，这些卑劣的行为却成功了。对犹太人所产生的憎恨不仅保护了手持特权的阶层，而且使得一小群毫无道德又傲慢的人将德国人置于一种完全被奴役的境况之中。

在历史的进程中，随着政权的快速更迭，对犹太人罪行的控诉也不断变化着。这些罪名是为了将他们对犹太人所犯的暴行粉饰成正义之举。有时造谣说犹太人在井里投毒；有时造谣说犹太人因为宗教原因而谋杀儿童；有时又不公地给犹太人冠上在经济上通过有组织的行动来剥削全人类的罪名；有人甚至撰写出伪科学的书籍，给他们贴上低人一等的危险种族的标签；说他们为了一己私欲，善于煽动战争和改革；说他们是危险的革新者，是真正历史进程的敌人。更有甚者，说犹太人通过被同化的伪装渗透到国家生活中，以此篡改其他民族的文化。与此同时，控诉犹太人冥顽不灵、食古不化、不可融入到任何社会中的言辞时有耳闻。

捏造者一直以来都清楚那些控诉罪名是名不副实的，然而，那些反对犹太人的控诉却再三地能够影响到普通群众。这是让人无法想象的。在动荡不安的岁月，群众容易受到仇恨和残忍的控制；而在和平年代，这些人性的特点便会悄无声息地被隐藏起来。

直到此刻，我谈到的也仅仅是犹太人所遭受的那些暴力和压迫，而没有谈及作为心理学和社会现象存在的反犹主义本身。其实，在不存在反对犹太人的某些时代和环境中，这种现象甚至也会出现。从这一意义上来说，人们应该谈及潜在的反犹太主义。它的基础是什么？我相信，在某种意义上，人们实际上也许会将它看作是一个民族正常的行为。

一个民族中，任何团体成员之间的关系比起他们与其他成员的关系都更为亲密。因此，只要有团体的存在，一个民族将永远不可能没有摩擦。我认为，即使可以实现种群的同一性，这种情况也不可能令人向往。在任何一个社会中，相同的信念和目标以及相似的兴趣爱好都会形成团体现象。在某种意义上，这些团体会作为一个整体来行动。正如个人与个人之间会存在类似的厌恶与敌对现象一样，在这样的团体之间也会一直存在摩擦。

或许在政治领域中，人们更容易看到这种对群体的需求。如果没有政党，任何国家的公民对政治的兴趣都会消失。那时，没有自由交流想法的平台，每一个人都将被孤立起来，无法表达他们的信念。此外，政治信仰只有通过共同的刺激和批评才能成熟和成长起来，而只有具有相似的性情和目的的人才会给出这些鼓励，提出这些批评。政治和我们文化生活的其他任何领域并无差别。举个例子：人们知道在宗教盛行的时代，不同的派别相继出现，这些教派之间的竞争通常会推动宗教生活的发展。众所周知，另一方面就是中央集权，也就是消除独立团体。因为，这种中央集权会阻碍甚至镇压任何不同的意见和研究方向之间的竞争，所以它会导致科学艺术领域的片面性，甚至导致所有努力都徒劳无益。

犹太人究竟是什么样的人？

团体的形成在人类努力的各个方面都产生了令人鼓舞的作用，也许绝大部分原因是不同的集团会产生竞争。犹太人同样形成了这种具有他们自己特征的团体。反犹太主义仅仅是犹太人团体引起的非犹太人所表现出来的一种敌对的态度。这是一种正常的社会反应。但是要不是由此带来的政治滥用现象，也许它绝不会被定义为一个专有名词。

犹太人群体的特征是什么呢？犹太人到底是一群什么样的人呢？对于此问题，不存在快捷的答案。如果非得给出一个答案的话，最为明显的回答大概如下：犹太人是具有犹太信仰的人。这种回答的肤浅之处很容易就通过一种简单的对比看出来，就像我们会问这样一个问题：什么是蜗牛？类似上面的答案，人们也许会给出如下答案：蜗牛就是居住在蜗牛壳中的动物。这一回答显然不够完美，也谈不上详尽，因为蜗牛壳正好就是蜗牛身上的东西。同样，犹太人的信仰只是犹太集团的特色产物。况且，众所周知，一只蜗牛它蜕了壳，还是一只蜗牛；一个抛弃了自己信仰的犹太人（从词语的正常意义上来理解），他还是一个犹太人。

不管谁试图解释一个团体的本质特点，他总是会遇到此类困难。

数千年来将犹太人团结在一起，直到今天仍然将他们团结在一起的纽带是对社会正义的民主理想，以及全人类的那种互相帮助和包容的理想。这些社会理想甚至存在于犹太人最古老的宗教圣经之中，已经强烈地影响了基督教和伊斯兰教，并对人类绝大部分的社会结构也产生了积极的影响。例如，这里必须说起每周的休息日，这是对全人类的一种影响深远的福祉。诸如摩西、斯宾诺莎以及卡尔·马克思这些名人，虽然他们拥有不同的特点，但是他们所有人都为了社会公正的理想而奋斗一生，自我牺牲。也正是他们先祖的传统指引着他们走在这条荆棘横生的道路上。在慈善领域，犹太人所取得的那些独特的成就也源于此。

犹太人传统的第二个特点就是他们高度敬重每一份智力的追求与精神的努力。我坚信，从这个术语最宽泛的角度而言，这种对智力追求的尊重使得犹太人极大地推动了知识领域的进步。考虑到他们人口数量相对较少，而且在各方面不断面临外部的阻碍，他们做出的这些贡献值得受到所有真诚之人的敬仰。我深信这种特点并非源自他们的先天优势，而是因为他们对智力成果的尊敬营造了一种氛围，特别适合任何可能存在的才能的发展。与此同时，一种强烈的批判精神使得犹太人不会对任何道德权威出现盲目的服从。

我认为，上述的两种传统特征是最为基础的东西。这些标准和理想不仅体现在微小之事中，也存在于巨大之举里。从父母对孩子的教育、朋友之间的交谈与判断、宗教的著作里都可以看到这些传统特征。而它们的集团也具备了这种传统的个性标记。正是从这些与众不同的理想中，我看到了犹太人天性的本质所在。这些理想在这一团体里，在他们真实的日常生活中并非完美地得以实现。然而，这也是一件很自然的事情。如果一个人试图去为集团的本质特征下一个简洁的表述，那么他所采取的方式一定就是对他们理想的描述了。

压迫是一种刺激因素

在前面，我认为犹太民族是一种传统的社会。另一方面，无论是朋友还是敌人，他们也常常断言犹太人代表了一个种族。他们具备独特的行为，这种行为是代代相传下来的天生的品性。这一观念有其现实的证据。几千年来，犹太人主要都是内部通婚。如果存在种族纯粹性的话，这种风俗习惯确实会保存他们种族的纯粹性。然而，如果这个种族原本就是一个混合的种族，也就不会出现种族的纯粹性一说了。正如人类文明中的所有其他集团一样，犹太人毫无疑问是一个混合的种族。真诚的人类学家也同意此观点。那些持相反观点的人都属于政治宣传领域，对他们必须分情况进行评价。

也许，不仅仅是因为他们的传统，犹太民族在全世界一直以来所遭受的压迫和敌对也使他们得以繁荣发展。毫无疑问，这也是他们何以能够数千年来一直繁衍存在的主要原因之一。

我们之前简要概括过犹太民族的特点。他们拥有大约一千六百万人口，这个数目不足人类总人口的百分之一，相当于当前波兰人口的一半。他们作为政治因素的重要性几乎可以忽略不计。这些人口分布在世界的各个角落，并没有以某种方式组织成一个整体。因此，它们不可能采取任何统一的行动。

如果一个人只是从排犹主义者的只言片语中形成对犹太人的看法，他可能会得出这样一种结论：犹太人代表了一种世界性的权力。乍一看，这似乎很是荒谬可笑。然而，在我看来，此中颇有深意。作为一个群体，犹太人也许毫无权力可言。但是，他们个体成员的成就加起来就相当可观有效了，即使这些成就是在面临重重险阻之下所取得的。潜藏在个体身上的力量被调动起来，而个体本身被集团的精神所鼓励，甚至会做出自我牺牲的拼命努力。

于是，那些不希望大众受启蒙的人就开始憎恨起犹太人。比起世界上其他任何事情，这些人更畏惧理智独立之人的影响。当今德国盛行对犹太人无情的憎恨也是因为这个原因。对于纳粹集团而言，犹太人不仅仅是一种工具，可以用来转移人民对他们这些压迫者的仇恨；他们还认为，犹太人是一种不可同化的因素，不会迫于强权而不加批判地接受教条，因此，只要犹太人存在，就会威胁到他们的政权，因为犹太人坚决主张大众的启蒙。

证明这种观念涉及这个问题的核心，颇有说服力的一种证据就是纳粹政体掌权之后不久，他们就策划了一场庄严的焚书仪式。从政治观点出发，这种行为毫无意义可言，只能理解为一种不由自主的情绪发泄。由此，在我看来比起许多目标更大的行为或者具有实际意义的行为，这种举动更能说明问题。

在政治和社会科学领域，出现了一种对一直存在的泛论的不信任感。当思想极大地被这些泛论所主导的时候，就很容易出现对特定连续事件的因果关系错误的解读，从而不公正地判断事件的复杂性。另一方面，抛弃泛论意味着放弃所有的认识。因此，我相信只要人们能保持对不确定性的认识，他就能够也必须冒险做出概括。正是在这种精神下，我希望能诚实地从普遍的观点出发，来表达我对反犹太主义的看法。

在政治领域，我看到两种相反的有影响力的趋势不断相互斗争着。第一种趋势是乐观的，其观点是：个体和集团生产力的自由发展本质上可以带来一种令人满意的社会状态。它认为一个高于集团和个体的中央集权很有必要，但是这种权力的作用也仅仅是起组织和控制的效果。第二种趋势是悲观的，其观点是：个体和集团之间自由的相互作用会导致社会的毁灭。因此，它寻求将社会完全构建在权力机构、盲从和高压政治之上。其实，后一种趋势只在一定的范围内才完全是悲观的，因为，对那些已经掌握或者想要掌握权力和政权的人而言，这种趋势反倒是乐观的。第二种趋势的拥护者是敌视自由集团和独立思维教育的人，而且他们也是政治反犹太主义的鼓吹者。

在美国，所有人都在口头上支持第一种趋势——那种积极向上的趋势，然而，第二种观点也有不少支持者。尽管大部分时候它都隐藏着真正的性质，但还是可以从各种现象中看出端倪。第二种倾向的目标是通过迂回手段来控制生产方式，从而实现少数人在政治上和精神上对人民的统治。它的拥护者已经试图利用反犹太主义以及敌视其他团体的武器。在今后，他们还会不断地行动。然而，迄今为止，所有的这些阴谋手段都因人民不可动摇的政治直觉而失败了。

如果我们能够坚持以下这点的话，在未来他们也不会成功：提防阿谀奉承者，尤其是当他们鼓吹仇恨的时候！

美国犹太教委员会

美国犹太教委员会提出的纲领遭到了来自各方的激烈反对，听到这个消息真是大快人心。美国犹太教委员会声称对美国和美国精神保持着绝对的忠诚和拥护，与此同时又将犹太人的理想和价值观踩在脚下。在我看来，这是一种跳梁小丑的行为，是极不光彩同时也是绝对无效的。他们这么做，无非是想站在那些具有种族偏见的反犹太人的队列中间，并博得他们的欢心。我相信，我们的敌人——那些抱有种族偏见的反犹之人，也会对他们的这种行为嗤之以鼻的。而且，他们理应得到这样的对待。试想，一个对自己所从事的事业都没有真心的人，又怎能指望得到他人的尊重呢！除此之外，这个组织之所以会引起人们的非议，还在于它很容易让人回想起对德国犹太人中央联合会的痛苦记忆。事实上，美国犹太教委员会简直就是德国犹太人中央联合会的翻版。众所周知，在我们最困难、最需要帮助的时期，这个联合会不仅没有发挥什么积极的作用，反而通过削弱犹太人的自信心进而腐蚀了整个犹太民族。要知道，单靠坚定的民族信仰，我们犹太人是本可以经受住那个艰难时代的考验的。

给国务大臣赫尔帕赫教授的一封信

亲爱的赫尔帕赫先生：

读罢您关于犹太复国主义和苏黎世大会的文章，作为一名忠诚的犹太复国主义者，我觉得有必要给您回封信，哪怕只是短短的几句话。

犹太人是以血缘关系和传统为纽带的群体。他们并非仅仅由于宗教而维系在一起。这一点从世人对待他们的态度上就可见出。我十五年前来到德国时，才第一次发现自己是犹太人，而我这一身份的发现更多地是因为非犹太人而不是犹太人。

犹太人的悲剧就在于作为一个特定类型的历史性民族，却没有一片能让他们共同生活在一起的土地。这样的后果便是个体如无根的浮萍，导致他们道义上也无法稳定。我意识到，要拯救这个民族，唯一可行的办法就是让世界上每一位犹太人都归附到一个社会集体中，而这个社会集体是他们所乐于归从的，而且能让他们忍受得住他们必须忍受的来自于世界上其他人对他们的仇恨和羞辱。

当我看到可敬的犹太人被人讽刺、丑化时，我的心在滴血。当我看到以非犹太人为主的学校、漫画报以及其他数不清的非犹太势力是如何蚕食着我们的犹太同胞甚至是最优秀的犹太同胞的信心时，我感到，事情不能再这样下去了。

于是我意识到，只有建立全体犹太人心中向往的共同家园，才能修复这个民族的创伤。赫茨尔的功绩是伟大的，他认识到了这一点并且大声疾呼：还原犹太人的传统思想，建立犹太人的民族家园，或者更准确地说，在巴勒斯坦建立犹太人中心，这是我们可以集中为之奋斗的适当目标！

您将这一切称为民族主义，这样的谴责不可谓没有道理。一个集体性的目的，总是很容易被冠以这样的恶名的。然而问题是，在这个充满敌意的世界里，没有了这样的共同愿望，我们犹太人就会求生不得求死不能。不管怎么说，我们的民族主义目的并不是为了权力，而是为了维护人格尊严和民族健康。若非我们生活在一群狭隘偏执、残忍血腥的人当中，不得已如此，我一定会第一个跳出来，抛却民族主义，拥抱世界大同。

您在文中反驳说，如果我们犹太人要成立“国家”，那我们就不是德意志国家的良好公民。这是对德意志这样一个多数人心胸狭隘的国家的本质的误读。在这样的狭隘当前，不管我们是否称自己为“民族”或“国家”，我们的安全都得不到保障。

为简洁起见，我毫不避讳地向您直言了这一切。我从您文章中能看出您也是个不拘形式、讲究实际之人。

反犹太主义与青少年学生

一

只要居于犹太人社区，虽说犹太人的身份会使我们遭遇物质上的困难，有时还会面临人身安全的威胁，却不会出现社会和心理问题。随着犹太人社区的解放，人们的生活位置发生了变化，踏入知识领域工作的犹太人尤其如此。进入中小学和大学的犹太年轻人，在具有鲜明民族色彩的社会的熏陶下，对这个社会产生了尊敬和仰慕之情，他们以其为精神寄托，觉得这才是他们的归属，无奈身为外族，处处受到他人的鄙视与敌意。于是，在一种趋优心理（而非功利性目的）的暗示和影响下，他弃自己的民族与民族传统而去，完全把自己委身于他人社会。然而，他却怎么也隐瞒不了自己和他人这样的一个事实：一切都只是自己的一厢情愿，人家根本不领情。这些可怜之人，也即接受过洗礼的犹太人，不仅昨天有，今天也依然存在。多数情况下，他们成为今天的样子并非由于鲁莽无知和性格缺陷，而是如我上文所说，是由于人数和影响力均在我们之上的环境对他们具有一种暗示力。他们当然知道，很多令人敬佩的犹太人子孙也曾经为欧洲的光辉文明做出过重大贡献，然而，除了个别例子之外，这些人有几个做到了像他们这般？

在这样的情况下，就如许多精神病例中的情况那样，要对病人的病情和病因十分了解才能将病治好。我们必须要认识到我们的外族人身份，并由此得出理性的结论。通过解释这样那样的原因，试图让他们相信我们在精神上和思想上与世人平等，这样做是毫无用处的，因为他们对我们根本无理性可言。我们要释放自己的社会特性，要基本依靠自己满足我们的社会需求。我们的学生要建立起自己的圈子，对待非犹太人既要有谦恭敬让之礼，又要有防备之心。让我们追从自己的文明风尚，而不去沾染那些与我们本性相异的既斗殴又喝酒的陋习。既做一名文明欧洲人和良好公民，又做一名热爱自己民族、爱戴自己先辈的忠诚犹太人，这是可以做到的。如果我们将此铭记于心并采取相应行动，仍属于社会本质范畴的反犹太主义问题就会得到解决。

犹太人的理想

热爱真理，追求正义，崇尚独立，这些都是犹太民族的优秀传统。我为自己身为犹太大家庭中的一员而深感感激和幸运。

当今世界充斥着这样一群人，他们高举着反对理性、反对个性自由的猥琐旗帜，叫嚣着企图通过暴力建立起一个僵死的、奴隶制的集权国家。这样一群人自然会把我们犹太人以及我们的传统看作是必须铲除的“异物”。历史抛给我们的注定是一条坎坷难走的路，但我们并不会就此畏缩不前。只要我们能坚持对真理、正义和自由的追求，我们犹太民族就会继续存在下去，成为世界上现存最古老的民族。不仅如此，我们创造性的努力还将大大提升整个人类的精神境界，像从前那样对人类文明做出重要贡献。

一封回信

面对在德国发生的排斥犹太人的活动，法国人发起了对这种行为的人道主义宣言，并写信给爱因斯坦，邀请其参加这次宣言活动。这封信是爱因斯坦对这次邀请的回信。

对于贵组织邀请我参加反对德国排犹宣言的提议，我已做了认真的考虑，这个提议的重要性对我来说不言而喻。然而，经过一番深思之后，我只能遗憾地告诉你们，我不能以个人的名义参加这次宣言活动。

这主要出于两个方面的原因：第一，我现在还是一个德国公民；第二，我是一个犹太人。

对于第一点来说，需要补充的是，我曾经是德国庞大的研究机构中的一分子，积极参与了各种研究工作，并受到了充分的信任。尽管我对德国土地上发生的血腥的屠杀事件感到震惊和遗憾，尽管我对由德国政府授意并参与的种种暴行表示强烈的愤慨和谴责，但我依然不能以个人的身份参加由一个外国组织发起的反德活动。为了便于你们了解我的处境，让我们不妨做出如下这么一个假设：假设有一个法国人，遇到了同我相似的情形，为了反对自己祖国的暴行，他接受一群德国政客的邀请，加入了抗议自己国家的行列。这位仁兄的做法或许自有其道理，然而，尽管如此，你还是会将他——你们的法国同胞——的行为看作是对你们祖国的背叛。当左拉遭遇了“德雷福斯事件”[①]时，如果他认为有必要，他可以选择离开法国，但他绝不会参加一个由德国知名人士组织的有着官方背景的反法运动，不管他认为这种运动有多么大的合理之处。他能做的也仅仅是为他的同胞感到脸红而已。

第二个方面的原因其实也不难理解。当有不公正的事件和暴力发生时，出于对人道主义的考虑以及对正义的热爱，一个个体完全可以振臂一挥，参与到反对这种不公正和暴力的队伍中去。这种行为不仅正当，而且弥足珍贵。然而，倘若这个人是一个像我这样的犹太人的话，事情就没有那么简单了。犹太人作为一个民族是一个不可分割的整体，犹太人将彼此视为自己的兄弟，对一个犹太人犯下罪行就等同于对所有犹太人犯下罪行。在这种情况下，一个犹太个体是不便于以自己的身份“发言”的，他只好等待局外人来做客观公正的裁判。

这就是我不能接受你们邀请的原因。虽然我不能接受你们的邀请，但这并不影响我对你们的正义之举表示钦佩和尊重之情。崇高的正义感，这是贵国最优秀的传统之一，也是你们高贵的象征。

---

① 1894 年的法国，犹太裔军官德雷福斯因一份未被证实的文件而被指控向德国出卖军事机密，结果以叛国罪被判终身监禁。后来的事实却证明，这是一次出于特殊政治目的的、带有种族偏见的严重错判。

在犹太殉难烈士纪念碑前的讲话

今天，我们来到殉难烈士纪念碑前，沉痛哀悼和缅怀我们那惨遭迫害的犹太同胞。这是一座具有象征意义的纪念碑，它标示出我们的民族曾经遭受的无法挽回的巨大损失。它提醒我们这些有幸存活下来的后人，务必要保持对犹太民族的忠诚，务必要坚守我们的先辈曾经创立和遵守的道德原则。唯有坚持对犹太民族的忠诚，我们才有可能在当下这个道德堕落的时代生存下去。

对一个人或一个民族犯下的罪行越是残酷，那就意味着对这个人或这个民族的仇恨和蔑视就越是深。对某些国家来说，自负和狂妄蒙蔽了这个国家的良心，这使得他们在面对自己犯下的罪行时竟没有一丝的忏悔之情。同样可悲的是，那些没有参与暴行的人对于那些无辜的受迫害者竟然也没有一丝的同情，他们想必也没有意识到各个民族原来本是人类这个大家庭中的一员。于此我们便不难理解，为何有些人宁可把我们的一些同胞抛进纳粹集中营中去处死，也不愿把他们流放到荒郊野地给他们一个求生的机会。在这种情况下，我们那曾经得到庄严保证的在巴勒斯坦重建民族家园的权利也被剥夺了。在当今这个道德沦丧的时代，正义的声音被湮没了，它再也不能从人们那里得到任何回应。

当前形势下，散居世界各地的犹太人只有紧密相连，相互合作，整体犹太族群才能既在肉体上免受摧残又在精神上免受侮辱。对此，我们必须有一个清醒的认识。然而，倘若我们想在未来获得长久的发展，这样做还远远不够。众所周知，如今的时代是个道德堕落的时代，这已严重威胁到了整个人类的生存。只有道德水平在整体上得到提升了，我们犹太民族的未来才能真正有所保障。让我们齐心协力，全力以赴（无论我们的力量有多么微弱），把人类从道德堕落的泥潭挽救出来，在捍卫权利、追求正义、达成和谐的进步道路上贡献我们的新鲜力量和勃勃生气。

基督教与犹太教

倘若我们能将后人施加于基督教和犹太教的那些杂质去除，尤其是将神父、牧师们那些形形色色的“演绎”去除，那么，我们就能保留耶稣基督和犹太先知们创立这些宗教时所赋予它们的最原初最正统的教义，而这教义必能将这个世界诸多的邪恶铲除，必能将人类社会所有的弊病治愈。

每一个心怀正义的善良之士都应该竭尽所能，从我做起，在个人生活的小天地里践行这纯粹的人性教义，使其成为一股生生不息的力量。倘若有人这么做了而又没有遭到与他同时代人的嘲笑排挤和压迫打击，那么我们便可以很庆幸地说，他和他所在的社会真是幸运。

被驱逐的欧洲犹太人

犹太人受迫害的历史之长，简直不可思议。然而，如今中欧地区对我们犹太人的迫害与历史上的迫害并不相同，现今的迫害是自成一体的。过去，尽管犹太人是《圣经》的民族，我们还是被迫害了；现如今，正因为我们是《圣经》的民族，才受到了迫害。这次迫害的目的不仅仅是要灭绝犹太人，还要把《圣经》和基督教中传播的精神给灭绝掉，这些精神曾给中欧和北欧的文明崛起创造条件。这个企图一旦得逞，欧洲将成为不毛之地。

只有理解周围的人、公正处理问题、主动帮助同胞，才能使人类社会长存，才能保障个人的安全。这是教育的关键部分，没有什么能代替它，聪明才智不行，创造发明不行，制度机构也不行。

如今，欧洲的暴乱将许多犹太群体连同根脉赶尽杀绝。成千上万的犹太男女背井离乡，在世界各地绝望地徘徊。犹太人民如今遭受的悲剧亦是现代文明的悲剧，反映出现代文明的根本结构受到了挑战。

对犹太人或其他民族的压迫所带来的最为悲剧性的后果，就是催生了难民群体。许多人在科学界、艺术界、文学界享有盛名，他们曾用自己的才华让故土变得丰富多彩，现在却被驱逐了。在经济衰退时，因为许多难民都是工业上或科学上受过专门训练的专家，他们有能力振兴经济，发展文化。他们对世界进步亦做出了杰出贡献。为报答收容自己的国家，这些难民将创造新一轮的经济发展，为当地人民创造新的就业机会。据说，英国收容的难民就直接创造了一万五千个就业岗位。

作为前德国公民，我有幸逃离那里。我想，自己有资格为难民同胞们说几句话。我们感谢接纳我们的民主国家，不管是美国抑或其他国家，我们都感激她们的热情友好。我们所有的难民，都欠自己的新祖国一个恩情。我们每个人都要尽最大努力，对新祖国的经济、社会、文化工作做出贡献，以此报恩。

然而，难民数量持续增长须引起我们的高度注意。过去一周，捷克斯洛伐克就增加了好几十万潜在的难民。犹太民族，一个具有光荣民主传统和公民服务传统的民族，再次面临一场浩劫。

犹太人数千年来之所以长存不灭，就因为我们有坚韧不拔的精神。这种精神来源于我们对《圣经》教义中关于人与人关系的坚持。近年来，我们相互帮助的精神受到了前所未有的严峻考验，每一个人都将独自接受这一考验。我们要渡过这场难关，正如我们的先辈一样。除了团结一致，除了坚信现今遭受的一切是伟大而神圣的事业的一部分之外，我们别无选择。

绝不能忘记

我们曾经深陷于政治性灾难的时代，这种时代给我们犹太民族带来了深深的创伤。然而与此同时，它也让所有犹太人都变得更加团结了，相同的命运遭遇将整个犹太民族紧紧地联系在了一起。如今，我们处在一个相对和平、相对安宁的时期，处在这样的时期有一个危险，那就是我们很容易就把整个犹太民族紧密相连这个事实忘掉了。对此，我们必须保持高度的警惕。犹太人散布于世界的各个角落，对宗教持有不同的看法，这是一个不争的事实。然而，我们有时候只看到了犹太人之间的这些差异，而忽略了整个犹太民族是一个不可分割的大家庭这样一个事实。我们不要忘了，当犹太人遭到仇恨，被给予不公正对待的时候，当奸诈狡猾的政客把对我们的偏见（起初是宗教偏见）转化成某种预谋，试图以牺牲我们为代价来实现他们的政治目的的时候，我们不要忘了，他们针对的是整个犹太民族而不是哪一个犹太人。每一个犹太人都必须清醒地认识到，针对犹太人的种族偏见是一种彻彻底底的心理疾病和神经紊乱，它不仅不会受到疆域国界的阻隔，反而会像经济危机和流行病那样蔓延至全球。

犹太共同体
——于伦敦的演说

女士们，先生们：

对我而言，克服自身趋利避害的人类天性，投入于冥思苦想的生活中，并非一件易事。但我无法对 O.R.T 和 O.Z.E 社团[①]的呼吁声充耳不闻。我回应这些呼声，也可以说就是在回应我们饱受压迫的整个犹太共同体所发出的痛切呼声。

我们那些零星散落在世界各地的犹太人民的处境，是对当地政界道德文明的一种衡量尺度。犹太民族为了保全自己的古老文明和文化传统而殚精竭虑，还有什么会比一个国家对待这样一个孤立无援的少数民族的态度能更直观地体现出这个国家的政治道德和司法公正的呢？

今时今日，这一衡量标准的指数相当低迷，这点我们早已在我们所遭受的各种不公正的待遇中得到了痛彻的领悟。但是，恰恰是这一走低的指数，令我们更加坚信，我们必须将保护和团结我们的共同体作为自己义不容辞的责任。不管是现在还是未来，对公正和理性的敬爱必然造福整个人类社会，这一观念深植于犹太人

---

① 犹太慈善团体。

的传统文化中。在近代，这一犹太文化精髓造就出两位伟大的思想家——斯宾诺莎和卡尔·马克思。

那些矢志不渝传承这份文化精神的人们，也要同时保全自己的身体康健。O.Z.E社团确实为照料我们社区人民的身体康健做出了不少努力。在东欧，O.Z.E社团夜以继日地工作，帮助在经济危机中遭受严重损失，仅能勉强糊口过日的人们渡过难关。而O.R.T社团则在想方设法摆脱犹太人面对的各种社会和经济堡垒。从中世纪起，犹太人民就受制于这些条框障碍，从那时起我们就被驱逐出所有直接与生产相关的行业，被迫投向纯商业运作的职业。唯一能真正有效帮助东欧犹太人民的途径是给予他们新的工作领域，这恰恰也是全世界犹太人民在努力争取的，而O.R.T社团正致力于解决这个严峻的问题，他们的工作非常富有成效。

此刻我们向你们——英国犹太同仁们发出恳请，请你们在这项已有许多杰出精英踏上征程的伟大事业中助我们一臂之力。最近这些年，不，是最近这些天，一个令我们沮丧的消息也一定给予了你们极大触动。不要怨怼命运，而是要将这些失败作为督促我们全心全意献身于建设繁荣昌盛的犹太社会事业的警示。我坚信，在建设这一事业的同时，我们也在为整个人类社会的进步做出贡献，我们必须把它作为最高的奋斗目标。

我们必须记住，困难险阻是让一切人类社会得以成长壮大、繁荣昌盛的宝贵源泉。我们民族之所以在千万年的进化过程中得以存活下来，并不是因为我们在安逸的环境中醉生梦死，这一点我是非常肯定的。

更让我们欣慰的是，我们的朋友虽说称不上为数众多，但他们都是有着高贵品质和强烈正义感的人。他们一生致力于促进人类社会的发展进步，为受侮辱压迫的人们争取自由。

我们何等欢欣，何等幸运，今晚能够迎来这样的非犹太世界的朋友，他们的出席，令这个极具纪念意义的夜晚显得格外庄严。我非常荣幸地看到，在我面前的人群中有萧伯纳先生和赫伯特·乔治·威尔斯先生，他们独特的人生观都深深地吸引着我，给予我极大的启发。

萧伯纳先生，您在追寻一条葬送过许多殉道者的道路，不同的是，您成功赢得了世人的仰慕与敬爱。您向侪辈们传扬道德，也一针见血地指出那些被许多人都奉如神明的东西。您的成就是天才艺术家的智慧结晶。您创造出无数类似于人类的艺术形象，但它们并非血肉之躯，它们是头脑、才智和魅力的结合体。在某些方面，他们甚至比人类更富人情味，以至于让人产生错觉，几乎以为这些浑然天成的艺术形象是自然母亲的杰作，而不是由您一手创作出来的。您让这些魅力无穷的小人儿在一个微缩版的世界中翩翩起舞，这个和谐世界的大门前，美惠三女神[①]在守卫着，不让一丝苦难得以乔装混入。窥视这个微缩世界，让人能够以全新的视角看待我们身处的世界；里面的小人偶的表演巧妙地潜入人们的思想之中，这就是它们与众不同的地方。您在我们面前竖起了这样一面镜子，揭露出生活世俗的沉重真相，带给我们的震撼，是同时代的其他作家无法比肩的。我们为此深深地感激您，也感激命运，甚至是感激命运所带给我们的疾病和瘟疫，因为经历过这些之后，我们中间不仅涌现了伟大的物理学家，还涌现了人类灵魂的解放者。

朋友们，我们犹太民族的生存和命运并非取决于外界的因素，而是取决于我们自身对犹太民族道德传统的坚守与忠诚。我们民族的道德传统庇佑我们走过数千年的风风雨雨，泽荫了我们今日的生生不息。为了造福生活而做出的奉献，终将成为值得铭记的善举。

---

① 美惠三女神：指希腊神话中分别代表着妩媚、优雅和美丽这三种品质的三位美丽的女神，她们分别是光辉女神阿格莱亚（Aglaia）、激励女神塔利亚（Thalia）和欢乐女神欧佛洛绪涅（Euphrosyne）。

答犹太青年

引导和鼓励年轻人去关注犹太人问题，关心犹太人所处的境遇，这是一项十分重要的事情。你通过问卷调查和发表文章的方式来表示对犹太人问题的关心和关注，你的这种行为值得我们所有人尊敬和学习。当前，这一问题不仅关乎犹太人的命运，而且更为重要的是，还影响着国际主义精神的形成和培育。令人不安的是，这种国际主义精神正受到狭隘的民族主义的威胁，有行将灭失的危险。所有犹太人只有团结一致、互帮互助，一个美好的明天才能可望可期。幸好自打我们先知那个时代起，我们便拥有了一个团结一致的传统。尽管我们犹太人分散于世界各地，但这个共同的传统却把我们紧紧相连。

犹太人的使命

在现代人当中,鲜有心怀哲学信仰之士,因而我们亟须联合一批智慧与真理之友。诚然,现今人类积累的知识远超于以往任何时代。不过古人热爱真理、崇尚悟性,这曾使得文艺复兴精神如虎添翼、大放光彩。而今,这种情怀不复激荡,人们转而推崇基于社会物质领域的专业化,以精神为本源的时代业已逝去。幸而现在仍有一些团体唯孜孜以求于精神层面的目标,下面要提到的一个团体即是如此。

数百年来,犹太教坚守其道德和精神传统,以布道者为唯一的引导者。虽然时至今日,犹太人民仍将他们坚不可摧的力量归功于犹太教,但是为适应更大的社会群体,这种精神信仰已经退居幕后。如果为了人类的福祉,我们要继续保有该力量的话,务必要在生活中坚持这种精神信仰。

环绕金牛犊跳舞[①]不止是我们犹太民族史上的一则传奇事件。在我看来，这则事件简单直接，比起现代人尔虞我诈、蝇营狗苟，真是小巫见大巫。如今人们钻谋私利，追求物质享受，这就严重违忤了犹太教的教旨。眼下，理所应当要联合那些致力于振兴犹太民族精神遗产的人士，进而成立一个不受历史和民族狭隘思想影响的团体。我们犹太民族应该是并且一直是精神价值的承载者和赞助人，同时我们也应当意识到，这些精神价值是并且始终是全人类的共同目标。

---

① 金牛犊(Golden Calf)是以色列人当神崇拜的偶像。摩西离开以色列人的营寨，去神的山上呈上律法，但是迟迟不归，以色列人心慌不安，一起去求见亚伦要求指引。亚伦叫他们把妻女的金耳环带来，以此熔铸成一尊金牛犊供人民拜奉为神。第二天，人民给金牛犊献祭，摆开宴席，嬉戏作乐，并且围绕金牛犊跳舞。摩西见到人民的这种渎神行为勃然大怒，熔掉金牛犊，磨成粉末。是以，环绕金牛犊跳舞被视为严重的叛教行为。

巴勒斯坦垦荒者

目前有一群犹太人身处巴勒斯坦，他们是最优异的一群人，难能可贵地通过自己的双手把沙漠变成生机勃勃的居住区。而在众多犹太复国主义群体中，巴勒斯坦垦荒者的努力使他们受益匪浅。当前在巴勒斯坦的垦荒者，是本着本人自愿原则在所有犹太人中精挑细选出来的，他们是一群强健自信、正直无私的精英。一般无知苦力只会把自己的劳动出售给出价最高的买主，而他们却不同。他们是受过良好教育、智慧超群的自由人。他们不诉诸武力，而是为征服这块不毛之地而奋斗。通过直接或间接的方式，整个犹太民族从他们的努力中获益良多。在这片尚不适宜人居住的土地上，第一代垦荒者面临着的是艰难困苦和重重危险，甚至要做出巨大的自我牺牲。因此，尽我们所能去帮助他们，减轻他们的重担，无异于挽救生命——最可贵的一群人的生命。我的话是对是错，只有亲眼见过当地情况的人才有资格评说。任何为改进他们的器械设备所做出的努力，都是为犹太民族贡献出不可或缺的一份力。

此外，只有这群人有能力和阿拉伯人建立良好的关系，而这是犹太复国主义最为重要的一项政治任务。政府机构走马灯似的轮换，而不同种族间人与人的关系对各个民族至关重要。因此，对巴勒斯坦垦荒者的支持等同于在巴勒斯坦推行人道的、有意义的政策。当前，一股狭隘的民族主义暗流正影响到巴勒斯坦政界，而全球政坛亦深受其害。而对巴勒斯坦垦荒者的支持，无异于对这股暗流进行有力的反击。

和　平

早在很多年以前，我们那些杰出的前辈们就已意识到了维护世界和平的重要性。然而现如今，随着技术的进步和社会的发展，原本只是伦理层面的假设却变成了攸关人类生死的现实问题，原本只是停留在积极参与和平问题解决的理论争论，如今却俨然变成为每一个有良心的人都无法回避的道德义务。

我们必须清醒地看到，那些从事武器制造的工业大国正在百般阻挠国际纠纷的和平解决，而要想实现这个目的，这些国家的统治者就必须争取到整个国家内各个民族大多数人的同意。在当今这个民主政府主政的时代，每个国家的命运完全掌握在这个国家的全体人民的手中，对此我们应该有个清醒的认识。

失乐园

十七世纪以前，全欧洲的科学家和艺术家一直保持着良好的相溶关系，他们有着共同的理想，他们之间的合作几乎从未受到政治气候的影响。后来，随着拉丁语的普及，科学家和艺术家之间的联系又得到了进一步的加强。

然而今天，在科学界和艺术界，这样的联系已成为遥远的过去，成为一个令人无比惋惜的“失乐园”。当今，一方面，民族主义的狂热摧毁了整个知识界的联系；另一方面，拉丁语已然式微，原本将整个世界系连起来的纽带不复存在。如今的知识分子热衷于鼓吹本民族的传统，成为了民族主义的吹鼓手，而不再具有国际性的视野，不再具有联盟意识。

当下，我们正处在这样一个尴尬的局面下：政客们嗷嗷着走上台来，代替了真正的国际理念，成为世界的主角。那些所谓的“国际联盟”，正是他们炮制出来的产物。

对欧洲当前局势的观察

在我看来，整个世界的局势，尤其是欧洲局势，表现出一个尤其突出的特点，那便是：无论是就物质层面而言，还是就精神层面来说，政治的发展都远远跟不上经济发展的需要。一个国家的利益必须服从于更大群体的利益才是。然而，要实现政治思想上的这种转变却并非易事，因为几百年以来欧洲一直对这种思想持拒斥态度。欧洲的生死存亡就取决于它能否成功地越过这个阻碍，成功地解决这个问题。我深信，只要我们能克服心理上的障碍，问题就不会难到无法解决。当务之急，就是要创造出一个和谐融洽的气氛，为此，我们就要努力将那些拥有共同理想和理念的人们团结起来。我衷心地希望，我们的共同努力能为国与国之间的相互信任架设起一座必要而坚固的桥梁。

迈向一个世界政府

与来自芝加哥大学的三名学生的交谈给我留下了深刻的印象。这次交谈让我看到，一种责任感和主动精神正在这个国家的年轻一代身上起着作用。这些学生们很清楚，新生一代的命运将在这几年的时间里被裁夺。他们决意在他们力所能及的范围内改善事态的进展。

当今世界形势如何呢？技术与战争手段的发展使我们的星球像是萎缩了一样。经济上的紧密联结使得各国命运相互依存的程度比从前大得多。现在，可获得的毁灭性武器让地球上没有任何一个地方能够免受突然性全盘毁灭的威胁。获取庇护的唯一希望在于通过一种超国家的方式确保和平。必须要创立一个能通过司法仲裁来解决国家之间争端的世界政府。该政府必须建立在一个由各国政府一致通过的条款明确的宪法章程之上，且由该宪章赋予其对于攻击性武器的唯一处置权。只有当个人或国家做好了将其军事力量转交于国际权威，且放弃通过武力攫取其国外利益的企图甚至工具时，个人或国家才可被认为是爱好和平的。

显然，第二次世界大战结束后的一年中政治关系的演变绝不是让我们离这个目标的达成越来越近。按现今的情况来看，联合国既没有带来国际安全的军事力量，也没有法律基础，它更没有涉及到实际的权力分配。真正的权力当下正掌握在极少数国家手中。毫不夸张地说，现实问题的解决纯粹取决于美国和俄国之间能否在广泛的基础上达成协议。如果这种协议能达成的话，那么仅凭这两大力量就能够使其他国家放弃一定程度的国家主权，以建立全世界范围内的军事安全。

现在很多人会说，在当今的环境下与俄国达成基础性协议是不可能的。若是美国在过去的一年确实已经认真地为此做了努力，那么这种论调还是成立的。然而，我发现事实恰恰相反。没有必要不顾俄国的反对接纳法西斯主义的阿根廷进入联合国；没有必要在近期并无军事威胁预兆的一年中丝毫不减少新原子弹的制造以及拨款一百二十亿美元用于国防；对于已提出的有关佛朗哥—西班牙的制裁措施辗转拖延也是没有必要的。这里无须再赘述那些表明美国从未为缓解俄国的不信任而做出努力的具体细节，鉴于过去十年发生的事件，这种不信任感是很容易理解的，而且我们对其产生也贡献了不小的力。

持久的和平不能依靠威胁，只有那些能创造相互信任感的诚恳举动才能为持久的和平铺平道路。有些人也许会认为，在这颗星球上创造一种体面的生活形式以及避免坏不堪言的毁灭的愿望能够驯服那些有责任心的人的激情。我的年轻的朋友们，你们不能指望这一点。不过希望你们能成功地从这个角度激发年轻的一代，让他们为一个建立在广泛基础上的和平政策而努力。那样的话，你们不但能成功地为自己辩护，而且还能为国效力，为后代效力，你们为此所做的贡献将比以前任何一代人都要多。

第六辑　社会万象

文化衰败的症候

就像所有文化领域那样，科学要想获得健康的发展，科学家就必须拥有表达科学思想、交流科研成果的自由。如今，在我们这个国家，个人之间的学术交流受到了政治的阻拦和干预，这势必而且已经产生了非常糟糕的结果。首当其冲的便是科研本身，要不了多久，技术和工业生产也将受到影响。

在我们国家，政治干预科研的一个突出的表现便是，禁止我们的科学家和学者出国交流，同时也阻止外国科学家来我国访问。响当当的一个大国强国竟干出如此卑鄙的事来，这只能说明一个问题，那就是：这个国家已经病了，而这种病是有着深刻的根源的。

科研交流受到阻碍，政治上互不信任（庞大的警察机构证明了这一点），人们做起事来畏手畏脚、惶恐不安，唯恐引起怀疑或是招致利益损失，所有这些都是我们国家患病的症候。

问题究竟出在哪里呢？就出在世界大战所带来的、支配着我们所有行为的那个错误的思想。这个错误的思想“教导”我们说，虽然现在已是和平时期，但我们仍然要像战时那样组织我们的工作和生活，这样，万一再发生战争，我们便能胜券在握。正是在这种思想的误导下，我们得出了如下错误的判断，即：我们的自由乃至我们的存在,正在受到强大的敌国的威胁。

弄清楚了这个错误的思想,我们就不难理解我们上述所指出的那些症状了。这种思想不消除,战争早晚有一天还会发生,更大的破坏将不可避免。美国日益增长的国防预算即是明证。

只有消除了错误的幻觉,我们才能将我们的注意力转移到真正的政治问题上来。这个政治问题便是:我们究竟怎样做才能使人类生活得更幸福,更有安全感?

可以肯定的是,如果我们不把给我们带来痛苦的疾患连根铲除,我们上述提到的那些症候就永远不会消失。

论战争威胁的消除

原子弹被制造出来了，我在这其中所起的作用在于我做了这么一件事：有一封信送到了我手中，我在上面签了自己的名字，并将它寄到了罗斯福总统那里。这封信的主要内容是催促美国政府同意开展大规模的核反应实验，从而探索制造原子弹的可能性。

实验一旦获得成功，人类便将多一个可怕的威胁，当时我对这一点是完全清楚的。然而我之所以建议美国开展这种实验，那是因为我害怕德国会抢先一步研制出原子弹。那时，德国已在这方面投入了相当多的人力和财力。虽然我一直都是一个和平主义者，而且在我看来，在战争中大开杀戒同平常的谋杀没有什么不同，但在当时的情况下我别无选择。

如果世界各国都不能下定决心通过共同行动来消除战争，如果世界各国不能以法律为基础通过和平决议来解决冲突、保护各自的利益，那么大家就时刻有着发动战争的冲动。为了在军备竞赛中不落后于人，这些国家会无所不用其极，甚至动用大规模的杀伤性武器。如此一来，战争也就不可避免。在当前这种形势下，战争的破坏性影响将是世界性的。

唯有彻底废除了战争及其威胁，人类才能获得长久的和平。

这是每个人都应该努力的方向，这是不能被背叛的目标。既然我们每个人都是社会的一分子，我们就应该为这个社会贡献自己的一份力量。

甘地是我们这个时代最伟大的政治天才，他在如何避免战争这方面为我们树立了榜样，指明了方向。他以自己的实际行动告诉世人，一旦认准了正确的方向，就要一往直前，永不退缩，即便前方有刀山火海，也绝不能回头。甘地为印度人的解放事业做出了重要的贡献，他以自己的行动向世人表明，坚定的信仰和顽强的意志是这个世界上最坚不可摧的力量。

国家良心与个体良心

科学界的同仁们：

倘若一个政府强制其国民做某种事情，或是一个国家要求其国民在某件事情上做出有违个体良心的表态，那么这个时候这个公民应该怎么做呢？这个问题已由来已久了。或许有人会说，国家要求我们怎样做，我们就怎样做，即便这样做有什么不妥，那也是国家的事，与个人无关，因为一个人在国家的强制命令下是没有任何选择的自由的，也是没有反抗能力的；再说了，个体不能脱离国家而存在，既然我们生活在这个国家里，那就必须遵从它的一切规定和命令。很明显，这种想法是与我们的正义感相违背的。

倘若一个人的错误行为是在受到强制命令的外力作用下做出的，那么这个人不必为此负全责，但这并不意味他就可以完全不负责任了。只要想一想纽伦堡审判[①]，我们便可明白这一点。

对一个国家、一个社会来说，个体的正义感不仅是不可或缺的，而且是相当重要的。我们的国家机构、法律制度乃至道德风俗

---

① 指的是 1945 年 11 月 21 日至 1946 年 10 月 1 日间，由第二次世界大战战胜国对欧洲轴心国的军事、政治和经济领袖进行数十次军事审判。由于审判主要在德国纽伦堡进行，故总称为纽伦堡审判。

里都活跃着正义和正义感的影子，实际上，前者正是在集合了无数个体意志的基础上而形成的。倘若失去了每个社会成员的责任感的支撑，国家的各种机构和制度也便在道德层面上变得无能了。于是，激发和加强每个公民的责任感便成为了一件重要的事，它将有益于整个人类社会的发展。

当前，大规模杀伤性武器正在被研究和发展中，这将对人类构成巨大的威胁。鉴于这种情况，科学界的同仁们便肩负着更重要的道德责任，而科学界社会责任协会的成立则显得更加及时和必要。在该协会的组织下，通过对现有问题的深入探讨，我们每个人将对自己肩负的责任有个更清晰的认识，并继而明确自己的立场。同时，对那些因为坚守良心而遭遇困难的人，我们要热情相助。

给罗斯福总统的一封信[①]

总统先生：

最近，我收到了费米和西拉德两位教授寄来的一份手稿，手稿详述了费米和西拉德所做的一些研究。从这些研究中我发现，在不久的将来，铀元素有可能成为一种新的、重要的能源来源。目前，国际上出现了一些新动向，对于这些动向美国政府必须保持高度的警惕，必要时应采取果断的行动。鉴于此，我觉得我有责任把下面这些情况和建议告诉给您，以供您参考和决策。

过去的四个月里，在法国科学家约里奥和美国科学家费米和西拉德的共同努力下，通过大量的铀来引起核连锁反应成为了可能。这种反应将产生巨大的能量，同时也会释放出大量像镭一样的放射性元素。从目前的发展势头来看，这种可能性要不了多久就可以实现。

这个发现使得制造一种具有超强爆炸力的新型炸弹成为了可能。尽管我们还不是有着百分之百的把握，但总体前景还是可期

① 1939年8月2日，爱因斯坦出于对希特勒下令研制原子弹的忧虑，希望促使美国先于纳粹德国造出原子弹，于是就此事致信美国总统罗斯福。罗斯福经过全盘考虑，以四亿美元预算，启动了曼哈顿工程。

的。倘若将这样一颗新型炸弹运至一个港口并在那里引爆，它所释放的爆炸力将摧毁整个港口及其周围的一些地区。不过，由于这种炸弹质量太重，只能用船舶来运输而不能采取空运。

铀主要存在于铀矿床中。尽管铀元素的分布很广，但铀矿床的数量却十分有限。全球最优质的铀矿主要分布在比属刚果，加拿大和前捷克斯洛伐克也有一些较好的铀矿。而至于美国，其所拥有的铀矿数量只能居于中等水平，而其质量则是比较差的那种。

听了上面这些介绍，您或许已经有了一些自己的想法了。您或许希望美国政府能和那些在美国致力于核连锁反应的物理学家建立一种长久而紧密的联系。这样做并不难，其中的一个可能之道便是：您亲自任命一位您信得过的人士作为政府的代表，此人最好不是某个方面的官员。他的职责主要在于：

（1）接触政府部门，及时向他们通报核反应试验进展的情况，并提出建议和参考以方便政府采取必要的行动；同时还要关注铀的供应情况，避免短缺情况的发生。

（2）促进核反应试验的快速进行。当前，由于资金不足，核反应试验还只是局限在几所大学的试验室里开展。出于加快试验步伐的需要，您所任命的这位人士需要在筹措资金方面有所作为。资金的筹措可以采取向私人募捐的方式。同时，也可以同某些工业试验室展开合作，充分利用他们在设备方面的优势，加快试验工作的进展。

此前，德国从捷克斯洛伐克手中接管了很多铀矿，并借此向外出售了大量的铀。然而，据我了解到的情况来看，德国目前已停止了铀的出口。与此同时，对铀的研究工作正在位于柏林的威廉皇家研究院紧锣密鼓地进行着，而德国外交部副部长之子卡尔·弗里德里克·冯·惠斯克正是任职于这所研究院。

此致！

爱因斯坦

人　权

——致芝加哥律师“十诫会”的信

女士们，先生们：

今天，你们就人权问题聚集在一起。你们决定借这个场合授予我人权奖。听到这个消息，我对你们的决定有些沮丧。堂堂一个区，竟然找不到更合适的人选来当此殊荣，它所处的到底是一个怎样不幸的州才至于此？

在我漫长的一生中，我将所有的精力都用于探索物理现实的结构，以求能有稍微深入一点的了解。我从未在改善人类命运、反抗压迫和非正义行为、改进人类关系的传统模式上作出过任何系统性的努力。我所做的仅仅是在我认为社会上的一些情况非常糟糕非常不幸，以至于沉默会让我有一种共犯的罪恶感时，我才会时不时地对这些情况发表一点意见。

人权的存在和实现并不是生来就有的。有关人类之间如何相待以及最理想的社会结构是什么的思想是历史发展过程中觉悟了的人士提出并传授下来的。这些思想和信念是历史经验的结晶，是人类渴望美丽与和谐的结果，已经在理论上为人们完全认同。而人，在其兽性本能的压力下，又总是在践踏着这些思想和信念。正因为这样，历史上大部分时间都充斥着为争取人权而作的斗争。

这是一场永恒的斗争，我们永远不可能获得终极胜利，但如果我们疲于斗争，那就意味着社会的毁灭。我们今天所谈的人权，主要是指以下几种权利：保护个人不受来自他人或政府随意侵犯的权利，获得工作并取得劳动报酬的权利，言论与教学自由的权利，个人充分参与组建政府的权利。近年来，尽管人们已经在理论上认同这些权利，但是人们对这些权利的侵犯程度却比上一代人更严重了。然而，还有这么一种人权，尽管很少有人提及，却似乎注定会变得非常重要：个人有权利或有责任拒绝配合其认为是错误的或者有害的行动。做到这一点，首先要拒绝加入军队。我知道好些这样的例子。一些具有非凡品德和崇高人格的个人，出于这样的原因，与政府部门成了死对头。德国纽伦堡审判就是在默认以下原则的基础上审判战犯的：奉政府之命犯下的罪行不能饶恕。

我们这一代人主要是在为争取政治信仰自由、言论自由、研究自由和教学自由而斗争。对共产主义的恐惧导致我们做出了其他文明世界无法理解的行为，也使我们国家成为了世人嘲笑的对象。我们还要忍受这些权力饥渴者这样拼命地争夺政治利益到什么时候？有时候人们似乎失去了幽默感，以至于法国人常说的那句“嘲讽解决一切问题”都不见起作用了。

一次领奖致辞

你们愿意将这样的殊荣授与我，我深为感动。在我漫长的一生中，我的同胞们对我给予了远非我所配得到的认可。坦白而言，在这样的认可中，我的羞愧感总是超出了我的喜悦之情。但是，我却从来没有哪一次像此时此刻这样，痛苦的感觉远远超越了喜悦。因为，我们所有关心和平、关心理性与正义能否取得胜利的人，今天都会强烈地感觉到，理性和诚实善意对政界的事情所产生的影响是多么微不足道。但不管这样做结果怎样，不管我们未来的命运如何，我们可以肯定的是，如果没有那些心系天下苍生福祉的仁人志士的不懈努力，人类的命运将会比现实状况更加糟糕。

在这个如此命运攸关的决定性关头，有些话我们必须要对我们的同胞们说明，而首先要说的似乎便是：一旦"武力万能论"在政治生活中占据了上风，这种力量就会发展成自己的一套，而且会比试图以这种力量为工具的人所想象的更为强大。国家军事化的提出，不仅使我们立即面临着战争的威胁，而且会一点点摧毁我们这片土地上的民主精神和个人尊严。

通往和平与安全的道路只有一条，那就是超国家组织之路。在国家的基础上进行单方面的军备发展不但起不到有效的防护作用，反而会导致总体形势更加不确定与不明朗。

女人与战争

依我之见，下次再发生战争，应该将那些拥有爱国主义情怀的女人而不是男人送到前线去。这样，一来可以为战争这种单调乏味、令人不知所措的“游戏”平添几分新鲜感，二来可以为女同胞们那些英雄主义情感提供一个生动、别致的发泄之地，至少，这比她们将这种英雄主义情绪无谓地投注在那些易受影响的同胞身上要好吧。

道德的堕落

宗教、艺术、科学，这是同一棵知识大树上生发出来的三个分支，它们代表了人类在不同方面所付出的努力。尽管涉足的领域不同，但宗教、艺术、科学这三者的方向和作用却是一致的，即：它们升华人类的精神，使其变得高尚、高贵；它们使人类的存在超出生理和肉体的低级范围，进而上升到精神领域，并将个人引领向自由。懂得了这一点，我们便能明白，为什么那些古老的大学都是从教会学校发展而来的。无论是教堂还是大学，它们在最终的使命上都是一样的，那就是：升华每个个体，使其变得超越和崇高。为了实现这个使命，教堂和大学一方面努力去传播道德和文化方面的知识，一方面又竭力批判和拒斥各种暴力。

然而到了十九世纪，教会与世俗文化机构之间的亲密关系就荡然无存了，取而代之的则是彼此间的疯狂敌意。当然，没有人对文化的神圣地位以及人类为发展文化而应付出的努力表示过怀疑，人们争论的只是实现文化发展的途径。

过去的几十年里，我们亲眼目睹了种种经济灾难和政治冲突，而其复杂性是任何一个悲观主义者也不曾料到的。曾几何时，无论是信教的人还是不信教的人，都把《圣经》里的教导作为自己行为的准则。那个时候，一个人倘若不承认人生的最高目标就是追求真理和知识，那么这个人势必会遭到人们的鄙视和唾弃。

然而再看看今天呢，人类文明的支柱已然倒塌，曾经不可一世的民族国家屈膝在暴君之下。暴君们竟然公开宣称，能为我所用的皆为正义，纯粹的追求真理没有存在的理由，也绝不会被容忍。在一些国家，独裁统治压倒了一切，对信仰和个人的迫害大行其道，而这些均被当做正当之事而接受。这是多么令人恐怖的时代啊！

渐渐地，其他国家也开始慢慢习惯这种道德的堕落了。面对不公正的行为，人们已失去了基本的反抗精神，不再伸张正义了。由此，世人不可避免地滑入了野蛮主义的深渊。我始终坚信，只有正义和真理才能改善人类的境遇，提高人类的福祉，而那种精明的政治算计只会导致人们之间普遍的不信任。与马基雅维利①相比，摩西显然是更优秀的人类领袖，谁会对此表示怀疑呢？

第一次世界大战期间，有人曾向一位荷兰科学家宣称，人类的历史证明权力始终高于正义。这位科学家回复道："你所说的也许不无道理，但我绝不愿生活在这样的世界里。"

不向命运和权威妥协，这是多么令人尊敬的行为啊！让我们像这位科学家那样思考、感受和行动吧。在追求正义和维护人类尊严的过程中，倘若不可避免地出现了争斗，我们一定不能逃避，而是要勇敢地迎头而上。一旦我们能做到这样，我们很快就会回到正常的人性环境中，重获人生的欢乐。

---

① 马基雅维利(Machiavelli，1469—1527)：意大利政治家和历史学家，以主张为达目的可以不择手段而著称于世。

在一次捍卫言论自由集会上的讲话

我们今天来到这里,是为了捍卫美国宪法所赋予的言论自由和教学自由。同样地,我们希望能引起知识分子的广泛注意,希望他们能意识到,巨大的危险正在威胁这些自由。

为什么会发生这样的事情?为什么这些威胁比往年更严重呢?随着生产集中化不断提高,资本开始集中到少数国民手中。正是这一小部分的资本占有者对担负着青少年教育的机构以及国家的各大报纸发挥着压倒性的主导作用。与此同时,它还对政府施加巨大的影响。仅上述两方面,就足以对这个国家的学术自由构成威胁了。可是,经济集中的过程还催生了另外一个从未出现的问题,那就是:一部分有工作能力的人永远都找不到工作。联邦政府想要通过系统调控经济发展来解决这一问题,也就是说,调控基础经济市场的劳动力供需关系,控制其自由发展。

但是,实际情况往往超出人的控制范围。占主导地位的资本持有者从来我行我素,不对任何人负责,坚决抵制对市场自由的限制,即使这是一项有利于全人类的市场调控行为。他们会充分利用手边的每一种法律手段来做出抵制。因此,不足为奇,他们正以压倒性的气势左右着学校和媒体,阻挠青少年了解这一关系到国家的健康与和平发展的问题。

正因为如此，我们最近频繁目睹，某些大学不顾同事的反对，毅然辞退优秀高校老师。媒体曾经公开过这些情况，却没有提供详尽充分的报道。也正是因为少数经济主导者对教学机构施加了压力，才出现让教师宣誓这种不恰当的事情，这是对教学自由的蚕食。教学自由和言论自由是任何一个民族健康、自然发展的基础。这一点，我不需要赘述。历史，特别是近代史留给我们的教训已经再清楚不过了。因此，每个人都有责任和义务站出来，竭尽全力维护和巩固这些自由，发挥所有可能的影响力，让大众意识到危险的存在。

解决这些困难的唯一途径是通过民主的方式应对经济方面存在的重大问题。但是，在此之前，必须先保护人们的言论自由。这也是避免更大损害的唯一方法。

让我们齐心协力，保持警惕，不要有丝毫懈怠。否则，这个国家的知识精英们以后也许会说：懦弱的他们没有做出任何抵抗，就交出了祖先流传下来的遗产，他们没有资格拥有这份遗产。

社会与个人

当我们全面审视我们的生活与努力时，很快便发现，几乎我们所有的行动和欲望都和其他人的存在紧密联系在一起。我们还发现我们的本性和那些群居动物根本就相差无几。我们吃的食物是别人种的，我们穿的衣服是别人做的，我们住的房子是别人建的。我们大部分的知识与信仰，都是通过别人创造的语言媒介并经由他人传授给我们的。若没有语言，我们的心智能力只会低得可怜，可能与高等动物差不多。不得不承认，我们相较于动物的主要优势，是因为生活在人类社会中。如果一个人从一出生就独自生存，那么他的思想与感觉中保留的原始性和兽性将会达到我们难以想象的程度。个体之所以成为个体，以及他的存在之所以有意义，与其说是凭借其个体性，不如说是因为他是伟大人类社会中的一员，从出生到死亡，人类社会都主导着他的物质和精神生活。

一个人对于社会的价值主要取决于他的感情、思想和行动对造福他的同胞有多大的作用。我们说一个人是好是坏就是根据他在此事上的立场。乍一看，好像我们对一个人的评价完全是就其社会品质而定的。

然而，上述这种态度有时候是不对的。显而易见的是，我们从社会中得到的一切有价值的东西，不论是在物质、精神还是道德方面的所得，都可以追溯到无数世代之前某位有创造力的个人身上。火的使用、食用植物的种植以及蒸汽机，都是由独立的个人发明的。

只有个人才能思考，从而为社会创造新的价值。不仅如此，个人甚至还可以为社会生活建立新的道德标准。如果没有了可以独立思考与判断且有创造力的个人，社会的向上运动便不可想象，就像没有了社会土壤的滋养，个性的发展也不可想象一样。

因此，社会的健康既取决于组成它的个人的独立性，也取决于人们紧密的政治凝聚力，两者同样重要。有句话说得很合理：从总体上看，希腊、欧洲、美洲文化的真正的基础就在于个体的解放和相对分离，特别是在意大利文艺复兴时期，那时候中世纪的欧洲摆脱了停滞的发展局面，各种文化欣欣向荣。

现在让我们审视一下我们生活的这个时代。社会发展得如何？个人情况又怎样？如今，文明国家的人口较之前来说是极其稠密的，欧洲如今容纳的人口数是一个世纪以前的三倍。但伟人的数量却完全不成比例地减少了，能够通过他们的创造性成就为群众所熟知的人物屈指可数。在某种程度上，组织已经取代了伟人，这一现象在技术领域里尤为突出，在科学领域也非常明显。

杰出人物的缺失在艺术领域尤为显著。无疑，绘画和音乐已经出现衰败，并大大丧失了它们的吸引力。在政治领域，不仅缺乏领袖，公民的独立精神和正义感也在很大程度上下降了。基于独立精神的民主议会政权在很多地方都遭到了动摇，由于个人尊严与个人权利意识不再强烈，独裁专政快速涌现。群众像没有思想的绵羊一样，在短短两个星期内就能被报纸煽动到一种怒火中烧的状态，准备穿上制服，为少数利益党派毫无价值的目标厮杀。在我看来，义务兵役制是当今文明人类遭受人格尊严缺失最耻辱的症状。难怪总会有预言家，预言我们的文明会提早黯然失色。

但我不是一个悲观主义者，我相信更好的时代总有一天会到来。

时代的遗产

对于生活在以前时代的人们来说，先辈们的努力为他们留下了丰硕的成果，他们继承这些成果，进而取得了知识上的增长和文化上的进步，他们的生活也因此而变得舒适而美好。然而对于我们这一代来说，事情就不是这个样子了。我们的时代产生了太多的灾难，而这些灾难留给后人的却是令人无法享受的遗产。

现在我们终于领悟到，倘若我们希望某项人类的遗产给世人带来的是福祉而不是祸害，那么我们就应当再做一些其他方面的努力。以前，一个人只要能做到独善其身，不是那么以自我为中心，他就可以成为一个对社会有用的人；而现在，光是这样还不够，为了成为一个对社会有用的人，他还要摆脱民族和阶级的自我中心主义。唯有如此，他才能在改善人类生存境况、推动人类不断进步的事业中做出些许贡献。

这是时代对我们提出的要求。在这方面，小国常常比大国做得好，荷兰同比利时之间达成的协议就是证明。相较之下，那些所谓的大国总是禁不住诱惑，为了达成某种政治和经济目的，他们动辄以武力相威胁。“比（利时）荷（兰）协议”可谓是欧洲近几年来取得的最引人关注的文明成果，它向世人证明：只要能对各国的自决权做出限制，那么整个世界就可以免于陷入有辱人类尊严的军国主义的枷锁中，而在这方面小国尤其能发挥重要作用。

那决定性的十年

当我再次翻读自己在大约十年前写下的文字时，两种截然不同的印象奇怪地爬进脑海。我当时所写的文字，此时看起来在本质上仍一如以往地正确。然而，说来奇怪，这一切似乎又显得久远而古怪。为何如此？是这个世界在这十年中发生了深刻的变化，还是因为我又度过了十年的春秋，而以一种变迁了的、更加黯淡的眼光看待一切事物？在人类的历史长河中十年意味着什么呢？那些决定人类命运的力量与如此微不足道的一段时光比起来难道不应被视为永恒不变的吗？难道是我的批判性理智如此敏感，以至于在十年中我生理上发生的变化已经如此深刻地影响到我对生活的感受？我清楚地明白，上述思考无助于解释在看待生活中的一般问题时情感方面的任何变化。而这个奇妙变化发生的原因也不可能在我所处的外部环境中找到，因为我明白它们总是在我的思想和情绪中扮演着一种附属性的角色。

不，这其中牵扯着一个完全不同的因素。在这十年中，对于人类社会稳定的信心，甚至是对于赖以存在的根基，都在很大程度上消失殆尽。人们不仅感知到人类的文化遗产受到威胁，也发现那些人类愿不惜一切代价捍卫的宝贵财富也遭到了贬值。

无可否认，清醒的人每时每刻都敏锐地意识到生命是一场冒险。生命必须而且永远都在与死亡对抗。从某种程度上说，危险是外在的：一个人有可能跌下楼、摔断脖子，可能毫无过失便失去生计，可能无辜地受责难，或者因他人的诽谤而毁灭。人类社会生活意味着百般的危险，但是这些危险在本质上是毫无秩序的，极具偶然性。而人类社会从整体上看似乎是稳定的。若以理想的品味和道德来衡量，它决然是不完美的。尽管如此，总体而言人们身处其中仍感到自在，并且尽管有多种多样的事故，在这里却相对安全。人们习以为常地接受了它的内在本质，就好像呼吸的空气那样自然。人们甚至把评判美德的标准、愿景以及真理都理所当然地认为是不可违背的传统，为所有文明的人们所通用。

可是，第一次世界大战已经动摇了这种安全感。生命的神圣性消失了，个体不再能够随心所欲、行无所碍。谎言被提升为一种有尊严的政治手段。战争被广泛地视作一种来自外部的事件，几乎或者完全不被认为是人类有意识策划的行动之结果。它被当作是一种源于外部的对人类正常生活的干扰，且被普遍地认为是不幸而邪恶的。对于人类的目标和价值观所保有的那份安全感在很大程度上并未被撼动。

战后的发展明显以政治事件为特征，这些政治事件却不如那些更不易把握的社会心理学背景影响深远。刚开始时人们短暂地迈出了前途光明的一步，以经威尔逊野心勃勃的倡议而形成的国际联盟的诞生及国家间集体安全系统的建立为代表。接着便是法西斯国家的形成，随之而来的是一系列毁约和毫不掩饰的践踏人性、针对弱势国家的暴力行径。集体安全系统像纸牌房子一样垮掉了，其后果至今仍无法衡量。这是有关国家中部分领导人性格懦弱和缺乏责任感的表现，也是那些表面上仍保持完整的民主国家目光短浅的利己主义的表现，这种利己主义阻止了任何有力的反击。

事态的发展比一个彻头彻尾的悲观主义者所预言的甚至还要糟糕。在欧洲,莱茵河以东的地区,思想的自由不复存在。攫取了权力的暴徒对民众实施着恐怖统治,年轻人为系统化的谎言所毒害。这些政治性冒险的伪胜利令世界其他地区的人们头晕目眩。随处可见的是:这一代人缺乏上一辈在痛苦的挣扎中以巨大的牺牲赢得政治以及人类个体自由的那种力量和魄力。

对这种局势的察觉笼罩着我当前每一小时的生活。然而,十年前它还没有占据我的思想。正因如此,我才会在重读曾经写下的文字时有如此强烈的感受。

但是我知道,总体来看人类的改变是微乎其微的。纵然盛行的观点会使人类在不同的时代显得迥异,纵然像目前这样的趋势会给他带来难以想象的悲痛,但一切都会去无痕迹,除了在历史书上留下几张充满遗憾的书页,简要地为后辈的年轻人描绘出他们祖先的愚行。

致一位爱好和平的人士的信

我从别人那里听说，目前你正在以极大的热情默默地从事着一项伟大而卓越的工作，而你之所以这样做，完全是出于对人类及其命运的关心。我为你以及你的行为感到骄傲，要知道，在当今这个世界上，愿意用自己眼睛去看、用自己内心去感受的人已经不多了。虽然这一人群的数量不是很多，但他们的存在却至关重要。正是这少数人的力量才决定着人类会不会陷入无望的境地。

哦，为了避免世界陷入你杀我夺的危险境地，一些国家不得不频繁地牺牲一些民族自决的权利。事实告诉我们，光有良心和世界精神是远远不够的，更何况，这些力量目前还很弱小，有时它们还不得不同文明的死敌进行谈判、讲和。有些妥协和讲和简直就是对人类的犯罪，是绝不能接受的。然而，可悲的是，有人却把它看作政治智慧的表现。

我们没有理由对人性失望，因为我们自身便是人性的载体。如今，还能看到像你这样充满活力、毫不气馁的人存在，我感到莫大的安慰。

为什么要选择社会主义？

我既不是一位经济学专家，也不能就社会热点问题给出深度解析，我何来资格谈论社会主义呢？鉴于以下将提到的几个原因，我还是有些把握的。

我们先来从科学的角度思考以下这个问题。表面看起来，天文学和经济学之间似乎并没有特别明显的方法论上的区别——这两个领域的研究者都试图从某些特定的现象中找出一些通用的法则，以此来解释这些现象之间的关联。可事实上，这两门学科之间的方法论区别非常明显。经济学家们似乎很难从经济领域总结出一些共通的法则，因为在大多数情况下经济现象的发生总是会伴随着各种外部因素的影响，而这些外部因素又是不可单独估测的。此外，从文明社会开化以来，人类不断积累总结的有关经济的经验之说大多数是基于也是被限于那些非经济的外部因素。

历史上的诸多大国，往往靠征战确立主权。战胜国的人民为自己确立主权，树立威信，从法律以及经济上夺取实权。他们成了战败国的特权阶级，他们垄断了土地所有权，又从自己阶级内部委派牧师来对民众进行教义宣传。掌握着教化大权的牧师们，便顺理成章地把社会的阶级划分渐渐灌输到民众的脑中，让它成为固不可破的概念。牧师又进一步创造出一套价值观念，潜移默化地改变着民众的想法，从大方向上指引社会行为的前进方向。

当然了，这些历史悠久的做法已经过时了。但很显然，我们到现在都仍旧不曾超越托尔斯坦·凡勃伦[①]所说的在人类发展史中必然会经历的"掠夺性阶段"。而我们现在所能观测到的经济现象都属于此阶段，因此我们从这些现象中提取出来的法则也无法适用于任何其他发展阶段。既然社会主义的最终目的是克服并超越这一"掠夺性阶段"，那么在现有阶段的那些经济法则明显无法给予未来社会主义经济任何启示。

其次，社会主义引领的是一种社会道德极限。而科学是无法创造极限的，科学更无法改变把这种极限灌输给人类。科学，至多只能充当推动我们前进的工具。所谓的极限本身，只能被那些心怀崇高理想的人们所把握。如果这些极限并未胎死腹中，而是成为了茁壮而又充满生命力的构想的话，那么这些极限必然会像火炬一样找到下一个传人，令其在懵懵懂懂中坚守，在摸爬滚打中追逐，推动社会进步的齿轮。

基于以上这些原因，我想我们是应该好好思考一下，我们是不是高估了科学在解决社会问题上的作用。因此，我们也更不应该理所当然地认为，只有专家才有资格在社会结构问题上发表见解。

一段时间以来，民众们都认为人类社会现在正在经历一个危急时期——社会的稳定性正受到巨大的威胁。此阶段最大的特征便是，个人对于集体——不管是大集体还是小集体——都漠不关心甚至是充满敌意。为了说得更清楚一点，我想引用一段我的个人经历。不久前，我与一位睿智而又品性良好的友人闲聊，聊到了

---

① 托尔斯坦·凡勃伦(Thorstein B. Veblen，1857—1929)：美国经济学家、制度经济学鼻祖，著有《有闲阶级论》。

会不会即将发生战争以及这场战争会带来怎样的威胁这个话题。我说，在我看来，这样的战争一定会严重地损害人类的生存，并且我认为，只有超国家组织才有能力保护国家避免这样的战争。接着，我的友人平静地说道："你为什么就这么反对人类的灭绝呢？"

我敢肯定，不到一个世纪以前，根本不会有人有此危言。这样的话语会从什么样的人口中说出呢？这一定是一个想努力维持内心平静却不幸惨遭失败的人，这也必然是一个多多少少放弃了再一次努力尝试的人。只有经历了痛苦的孤独与隔绝，一个人才会有此结论。可现在，许多人不正在经历着这样的痛苦与折磨吗？究其原因到底为何？我们又能否找到出路呢？

要提出这样的问题总是容易的，可是想找到一个确切的答案却并非易事。不管怎样，我都会尽我所能地去寻找，尽管我很清楚，我们的感受与我们的努力往往相悖并且模棱两可，远非三言两语可以道明。

人类，是一个独立的人，同时又是一个社会的人。作为一个独立的人，他需要保护自己以及身边那些亲密的人的生活，以满足自己的期望，发展自己内在的素质。而作为一个社会的人，他需要寻求社会的认同以及旁人的喜爱，喜悦时与人分享，难过时求人疗伤，并不断改善自己的生活水平。正是这些纷繁复杂、相互冲突的努力，才构成了一个人的特殊性格。而这些各不一致的因素组合，则从某种程度上决定了一个人能否达到内心的平静以及能对这个社会做多少贡献。而这两方面，很大程度上是由先天遗传决定的。可是一个人最终的性格形成，很大程度上也取决于他成长中所经历的种种环境、社会结构、社会传统以及社会所推崇的行为准则。"社会"这个抽象概念，对于一个人来说意味着太多，它意味着他与现在的交际圈以及他的上一代甚至上上一代亲戚之间直接、间接的所有关系总和。一个人可以独自思考、感知、奋斗以及工作，可他又如此地依赖着他所生存的这个社会。他的身体发肤,他的心智,他的情感寄托,都与这个社会息息相关,以至于我们无法脱离这个社会的大框架来看待或是理解一个人。“社会”给人提供食物、衣服、家、生产工具、语言、思考的形式以及思考的内容。他的生活之所以能够成型,与他的劳动以及现在与过往的上百万人的努力是分不开的,而这一切都藏在“社会”这个小小的词语背后。

当然了,要把一个人从社会中剥离出来是违反自然法则的。就如同蚂蚁和蜜蜂一样,我们都是群居动物。可是对于蚂蚁和蜜蜂来说,它们的一生大多是由一些机械化的自然本能决定的。而人类社会则有很大的不同,社会的形态以及人与人之间的关系是充满变数的。一个人的记忆力,结识新朋友的能力,口头表达能力,都是人类之间形成人际关系必不可少的因素,而这些都绝非生物本能所能决定的。正因为此,社会中才慢慢形成了各种各样的习俗、种类繁多的机构组织以及涵盖面广的各类学科——文学、科学、工程以及艺术。这也就解释了为什么人类具备通过自己的努力改变自己的生活的能力,而在这个过程中,人类的理性思考以及强烈的动机起着决定性作用。

在一个人出生伊始,他就通过遗传获得了一套生理机制。在很多人看来,这套机制是天生的,无法改变的,包括我们人类独有的内在冲动。可事实并非这样,在他的成长之路上,他还会从社会上获得文化机制。不管是通过人际交流,还是其他形式的影响,人类的文化机制正接受着潜移默化的转变。而正是这套文化机制,在日月交错中教会我们随机应变,并学会与别人以及整个社会更好地相处。根据现代人类学中有关现代文明与原始文明的对比调查,我们已经能够发现,人与人之间的行为差别非常明显。在不同的社会主导文化引领、不同的社会组织的影响下,人类的社会行为会形成非常巨大的差别。正是基于这样的差别,那些愿意为了梦想孤注一掷的人才有机会改变自己的世界，让希望成为现实；正是基于这样的差别，人类不再因七情六欲而受到责难，不再自相残杀，亦不再甘愿成为命运的奴隶。

于是我们忍不住问自己：这个社会的结构以及人类对于文化的态度应该变成怎样呢？怎样我们才能够让生活更美好？我想我们不应该忘记，在我们自己身上，有那么一部分机制是我们永远无法改变的。就如同我刚才所说的，人类的生理机制（尽管实用而高效），并不会因外界改变而改变。不仅如此，过去几个世纪里的科技发展以及人口变化已经铸成了我们现在的生活条件。在如此密集的人口社区中，越来越多的商品成为我们生活中必不可少的一部分。于是清晰的劳动力划分以及一条高密集度的生产线成了急需解决的问题。回顾过去，那段田园式的生活已经一去不返了——那时的农民以及小作坊都可以轻松地自给自足。我可以毫不夸张地说，现在的人类世界已经成了一个主营生产与消费的星球。

现在，我想我已经可以确定地说出我们这个时代危机的症结到底在哪里了。问题就在个人与社会之间的关系上。现在的人类，比过去任何一个时刻都更清楚他对于社会的依赖。但是，人类并没有把这份依赖当成一份积极的力量，一条营养纽带，或是一把保护伞。相反，他把这份依赖当成了一份威胁——威胁他的天赋权利，甚至会威胁他的经济生活。不仅如此，正因为他在这社会上的位置，他性格中那部分利己动机正不断加强，而他性格中的那部分社会动机却在日益消失。事实上，不管我们在这个社会上的地位如何，我们每个人都正在经历着这样的退化。

不知不觉中，这部分利己主义的奴隶，渐渐感觉到不安全、孤独，我们不再能够纯真、简单地享受生活。我希望大家能够明白，不管生命是多么短促而又危险，唯有投身这个社会，我们才能找到生命的真谛。

在我看来，所有这些邪恶都来自于当今资本主义社会中的经济无政府状态。在我们的身边，无数的生产者都跻身于为了争夺集体劳动成果而不惜打压彼此尔虞我诈的这样一个队伍。他们并不曾动用武力，他们只是简单地要求彼此遵守所谓的法律规定。重点在于，大家应看清，现在所谓的生产力，也就是用以生产日常消费品以及附加货物的劳动力，正逐渐地、合法地沦为一部分人的私有财产。

在下文中，我将用“工人”一词来指代那些没有生产资料的人，尽管这并不是通常意义上这个词的用法。拥有生产资料的那些人，实际上也就掌握着从工人身上购买劳动力的能力。有了先进的生产工具，工人才可以生产出新的产品，最终为资本家提供资产。我们应该特别关注的一点就是，在这整个过程中，工人所生产出的价值与他的所得之间的区别。只要这份劳动合同是“自由的”，工人的所得便永远不会等同于他所生产出的真正价值。他的所得只取决于两个方面——他的最低生活需求以及在同类劳动力市场中资本家对于该劳动力的需求比重。是的，按照资本主义市场的运行规则，工人的报酬本来就与其生产出的产品价值无关。

随着资本家之间的斗争、科技的发展以及不断细化的劳动力划分，小作坊逐渐被吞并，大型综合生产集团逐渐形成，私有资产便逐渐落入了少数人手中。这样发展的结果便是，私有经济成为经济垄断寡头，其势力之巨大远非一个民主成立的政权可以监管。更可怕的是，这些立法机关的成员往往都是由政党遴选出来的，而这些政党恰恰又是由那些有权有势的寡头资本家资助的。这样一来，选民便无权涉足立法。这样一来，人民的代表便再也无法保护人民中那部分弱势群体。不仅如此，在现有的条件下，恰恰是那些私有资本家正直接或间接地控制着主要信息源（新闻、广播、教育)。这样一来,民众便很难,甚至根本无法合理地运用自己的政治权利,做出客观的决策。

在现在这样的资本主义社会中盛行着这样的经济形态:首先,生产工具(生产资料)私有,并且任由资本家处置;其次,劳动合同是完全自由的。虽然,目前的社会并没有形成"纯"资本主义社会,而且现在的工人通过长期而艰苦的政治抗争已经为一部分工人争取到了比"自由合同"更有保障的合同,但是从总体上来看,当今社会的经济与"纯"资本主义差别并不大。

现在的生产都是为了利润,与产品价值无关。这个社会上并没有任何一条条款规定所有那些有能力而又愿意参加劳动的人有机会找到一份工作。"失业大军"几乎时刻存在着,工人们一直提心吊胆,害怕自己会丢掉工作。结果便是,那些失业者以及低收入者根本无法保证一个有利市场,这就导致了日常消费产品的生产受到限制,进而为整个社会的进步带来更大的困难。技术进步只会带来更高的失业率,而并没有为工人减轻多少工作负担。对利润的追逐以及与其他资本家的竞争,导致资本市场上的资本累积以及资本分配更加动荡不安,从而进一步导致了更严重的经济萧条。无节制的竞争使得劳动力一再贬值,从而使得个人对于社会的认同感不断降低,正如我在上文所提到的那样。

对于个人品德的摧残,在我看来是资本主义最恶劣之处。我们整个教育系统都正在经受着这种邪恶的影响。学校给学生们灌输激进的好斗心以及对于夸张物欲的推崇,从而为他们将来的工作提前做好准备。

我认为,要消除这些邪恶,只有一条路可走。简单地说,就是建立社会主义经济以及相应的能培养社会主义理想的教育系统。在这样的社会里,生产资料由社会所有,并按照计划分配。计划经济会按照人们的需求来调整生产规模,把相应的工作分配给那些有能力的生产者，并保证给每一个男人、每一个女人、每一个小孩美满的生活。到了那时，对于人民的教育会着重于两方面：除了提高他们的内在素质以外，教育还会培养人们内心对于彼此的责任心与爱心。这种教育不再吹捧权力，也不会不断美化现在的社会。

不管怎样，我们还是有必要记住，计划经济并不等同于社会主义。计划经济进行的同时，也会带来对于个人的奴役。社会主义的建立还需要解决一些非常艰难的社会政治问题：这样的一种社会制度，如何在政治经济的高度集权之下防止政府官僚主义以及权力滥用的发生？如何一方面保证人民权力，另一方面保证人民民主与政府集权之间的平衡？

我想，对于社会主义目标以及问题的分析，在现在这样的过渡期是非常重要的。在当今的社会形势下，有关这些问题的自由讨论已经被打上了“严禁”的字眼，因此我想，本文的发表必然意义重大。

1932 年裁军会议

1

我不妨以一种政治信念开篇。该信念即:政府是为人而存在的,而非人为政府而存在。就这点而言,科学与政府相仿。这些都是古话,对当时创造出这些古话的人而言,人的个性便是人最大的善。要不是这些古话总是落入被人遗落的边缘,尤其是在组织化与机械化的当今,我应该不会重三复四地提这些古话。保护个人并且给予个人以机会去发展其创造性的个性,我认为这是国家主要的职责。

也就是说,国家应当是我们的仆人,我们不应当是国家的奴隶。如果国家凭借武力迫使我们去服兵役或参加战争,那么国家便是在僭越这一戒律,强迫得越是厉害,僭越的程度就进一步加深,因为这种奴性的行为其目的和结果不是戕杀他国的人民,便是干涉他们发展的自由。只有牺牲的行为能够促进个人的自由发展时,我们才应该为国家做出牺牲。对于任何一个美国人而言,这或许是陈词滥调,但对于任何一个欧洲人而言,则不然。因此,我们可以希冀在美国人中间寻求到强大的支持,为反战而奋斗。

现在谈谈裁军会议。想到裁军会议这个词语时，人们是该大笑，是该哭泣，抑或是怀抱希望呢？想象这样一所城市，在该城市里居住的公民脾气暴戾，为人不诚实，且好口舌之战，并且那儿总是存在危险，其感受堪比患有严重的生理缺陷，完全无法健康成长。地方执法官想要使这种糟糕的事态往好的方向发展，可是给他建言献策的人士以及其他公民都坚持继续在腰间佩戴匕首这种做法。经过数年准备，执法官决定让步，并且提出了这样一个问题，即：人们外出时，在腰间佩戴的匕首其长短和锋钝应有相应的规定。只要立法、法庭以及警察还没有能够使狡猾的公民抛弃携带刀具的想法，那么事态当然照旧。对被允许的匕首的长度以及锋利度下一个定义，获得好处的只是那些最强悍和最骚动的人，而居于弱势的人则任人鱼肉。你们大家都理解这则故事的寓意。我们拥有国际联盟以及仲裁法庭，此话不假，但是国际联盟充其量不过是一个会议大厅，而仲裁法庭也没有执行决定的手段。一旦某个国家受到攻击，这些机构没法为其提供安全保障。如果你们将此牢记于心，你们对法国态度的评判，对他们在无安全保障的情况下拒绝裁军的评判，与现今通常所做的评判相比，就不至于那么粗暴。

除非我们同意采取联合行动，投身于反对那些公开或暗地里拒绝仲裁法庭判决的国家的行动中，以此来限制个别国家的主权，不然我们就无法走出普遍无政府的状态，也无法摆脱恐惧。个别国家主权不受限制与为捍卫安全而做出反攻，没有哪个花招能够使这二者的矛盾得以调和。各个国家去执行公认的国际法庭做出的每项决定，是否需要新的灾难来进行诱导呢？到目前为止，我们希望在不久的未来事情能够有所好转，然而各事态的进程几乎让人们不敢存有奢望。但任何一个关心文明和正义的人都必须竭其所能让他的同伴相信这点是必要的，即：让所有国家肩负一种诸如此类的国际责任。

上述见解,尽管不无道理,但也并非无懈可击。它高估了机制的效能,而忽略了心理因素,更确切地说是道德因素。人们坚称,精神意义上的裁军先于物质意义上的裁军。他们进一步论说:国际秩序最大的障碍就是那种言过其实的国家主义精神,该主义也以爱国主义的名义存形于世,但是却被人误用。此言非虚,在过去一个半世纪里,该主义所到之处皆获得了一种不可思议且极为有害的权力。

要评估出这一反对意见应有的价值,人们必须意识到,外部机制与内心状态之间存在一种互惠的关系。不仅这种机制取决于传统的情感模式,而且该机制的来源与存活都归功于后者,可是现存的机制反过来又对情感的国家模式施加强有力的影响。

在我看来,现今各地各处国家主义的高度发展已经到了一种可悲可叹的地步,该现象与义务兵役制(或者用一个不那么冒犯的名称——国民军作称谓)密不可分。一个要求其国民服兵役的国家,势必会在它的国民中间培育一种民族精神,这种精神为其军事效率奠定心理基础。伴随这种类似宗教的精神,国家不得不使它的工具,即暴力,赢得学校里青少年们的崇拜。

因此,在我看来,造成白种人道德崩塌的罪魁祸首,乃是引进强制服兵役这一做法。白种人的道德崩塌不仅仅对我们文明的存活,而且对我们本身的生存都构成严重的威胁。伴随着社会的宏愿,这一祸根肇始于法国革命,不久之后,其他国家纷纷效仿,开始强制服兵役。

因此,人们如果想要促进一种国际精神的成长,想要与狭隘的爱国主义作斗争的话,那么他们就得端正立场,反对义务兵役制。与几个世纪之前为宗教而牺牲的那些人所受的迫害相比,今日拒绝服兵役的人所受到的严重迫害,对于群体而言,其恶心的程度是否要轻那么一丁点呢?你们能够在谴责战争的同时对个人受到各自国家战争机器的蹂躏不管不问吗?

本着裁军会议的观点,我们不应该因为相关组织遇到技术难题而受到限制,而应该更直接地从教育动机出发,去解决心理问题。我们必须尝试走国际线路,制定一些法律途径。通过这些法律途径,个人能够拒绝服兵役。毫无疑问,这项规章能够产生巨大的道德效应。

一言以蔽之,我的立场如下:仅仅同意限制军备不能提供任何安全。强制仲裁必须获得行政权力的支持,必须获得所有参与国的保障,这样做,是为反对那些拥有经济和军事许可而扰乱和平的人做准备的。强制服兵役,是不健康的国家主义的壁垒,我们必须与之抗争。最最重要的是,那些具有良知的拒绝服兵役的人必须获得国际上的保护。

最后,我希望大家对路德维格·鲍尔写的《明日又是战争》这本书予以注意。该书探讨了今天所谈论的议题,其论述的方式精准而无成见,且不乏心理学上的真知灼见。

2

过去一百年间,人类的发明天才为我们带来了实惠,倘若组织能够跟上技术进步的步伐,我们便能生活得幸福快乐、无忧无虑。但实际情况是:我们这一代拥有这些来之不易的成就,就好比三岁小孩拥有一把剃须刀似的。不可思议的生产手段带来的不是自由,而是忧虑和饥饿。

技术进步所造成的结果,其危害最大的地方在于他们为毁灭人的生活及其辛苦获得的成果提供了手段,正如我们这一辈在一战中所经历的那样:万分惊恐。比毁灭更可怕的,在我看来,是战争将人推进了耻辱的苦役之中。被群体强拉着去干每个人都视为滔天罪行的事情，这难道不是一件可怕的事情吗？曾经只有一少部分人拥有伟大的道德感去抵抗做这样的事，我把他们看做是一战中真正的英雄。

不过依旧存在一丝希望。我相信，各国有担当的领导人，基本上是确确实实诚恳地想要废除战争。这是必不可少的一步。阻碍其向前发展的来源是各国那些不幸的传统。这些传统通过教育系统的运作，像遗传性疾病那样，一代一代向下传递。该传统主要凭借的工具是军事训练以及对军事训练的赞颂。此外，由重工业部门和军队掌控的报界也是主要工具。不裁军，就没有持久的和平。相反，以现有规模继续开展军事准备活动，就势必会导致新的灾难。

这也就是 1932 年的裁军会议将会决定这一代及下一代命运的原因。当人们考虑到以前的诸次会议总体来讲收效甚微时，便会了然：所有明智且具有责任心的人们的职责，即在于竭尽全力反复提醒公众 1932 年裁军会议的重要性。政治家只有依托他们各自国家里大部分人向往和平的意志，才能实现自己的宏图。要形成这样的舆论，我们每一个人都要对自己的一言一行担负起责任。

在这些重大的事情上，成功并非关乎聪明，更不关乎计谋，而关乎诚恳与信赖。谢天谢地！道德的成分是无法被理性所取代的。个人作为观察者，其职责不单单是等待和批判，他必须在他能力范围之内用一切办法为这项事业服务。如此这般，世界才能会是它原有的样貌。

文化繁荣与经济发展

政治灾难给人类文明造成了巨大的破坏，在估算这些破坏所达到的程度的过程中，我们发现，高级形式的文化其实是一株相当脆弱的植物，它的存在依赖于许多复杂的条件，它只在少数的几个地方并且是在特定的时期方能成长、壮大。文化之树要想变得枝繁叶茂，首先就需要有一定程度上的经济繁荣作为保障。这是因为，只有经济上发展了、繁荣了，社会中的一部分人才能有时间、有闲情去从事那些非物质生产的活动。此外，文化的繁荣还离不开人们对文化价值和文化成就的尊重，有了这种尊重，从事文化事业的人们才能享受到直接从事生活必需品生产的人们所提供的劳动成果。

在过去的一个世纪里，文化繁荣的这两个条件德国都具备。那时候，德国的经济虽然算不上有多强大，但对于支撑文化的发展来说已经绰绰有余。而且，德国人向来就有热爱文化、尊重文化的优秀传统。正是借助这两个得力的条件，在过去的一个世纪里，德国在文化方面获得了巨大的发展，产生了令世人瞩目的成就，一步步朝着现代文明前进。然而现在呢，热爱、尊崇文化的传统还在，而经济上的繁荣却踪影难觅。一方面，用于工业生产的原材料匮乏，工厂频频倒闭，产业工人的生存岌岌可危；另一方面，社会上也不再存有原本可以供“有闲人士”享用的剩余物资。受此影响，尊重文化的传统也必将倒塌，欣欣向荣的文化大花园很快就会变成寸草不生的沙漠之地。

然而，我们绝不会坐以待毙，只要我们还相信文化具有价值，我们就不会任由文化沙漠将我们掩埋、湮没。危机近在眼前，我们要齐心协力，倾我们所有，重新唤醒被狭隘的民族自我中心主义所抛弃的那种人类群体归属感。有了这种归属感，文化的发展就会脱离政治的藩篱与掣肘，人类的价值就会超越国家的边界；有了这种归属感，每个国家都会得到文化发展的土壤和条件，每个国家的文化都将得到应有的发展，都能结出丰硕的成果。

人类生存的目标

当今时代，人类以其在智力方面取得的长足进步为荣。确实，探求真理与知识是人类的最高品质之一，虽说往往是那些光说不练的伪学者喧哗叫嚣得最为厉害。不过，人类应当谨慎，避免过分推崇智力。发展智力可以使人类强大，但却无益于人格的提升。智力只能服务于人类，不可引领人类的生存发展。因此，把智力作为人类追求的首要目标，非明智之举。智力的这一特征在其代言人——脑力劳动者的品质上得到应和。运用智力，人类可以工于方法和技巧，但对人类设立目标和实现价值毫无助益。因此，这一致命的缺陷由古及今代代相传，以致如今危及整个时代，也就不足为奇了。

我们犹太民族的先知和中国古代圣徒几千年前就已然洞彻并宣称，人类存在的意义在于修身养性并以此为目标，即通过不断的内在修炼，将自身从人类反社会的本性及破坏倾向中解放出来，从而成为自由幸福的人。在此修炼过程中，智力发挥着至关重要的作用。思辨的产物，连同修炼本身和思辨者的创造性活动，赋予生命内涵和意义。

但是当今世界，霸权当道，猖獗空前。我们犹太民族历来人少势轻，无法靠武力自卫，而且现在正遭受着亘古未有的灭顶之灾，其残暴程度甚于任何民族所曾受到的迫害。然而，施加于我们的暴虐却是基于这样一个事实：犹太人民奉行和平友好的理念，其中最杰出的人物为此不仅言之凿凿，而且身体力行。

人类的未来会好吗

我们这个时代不乏种种奇思妙想，也不乏各种发明创造，这些奇思妙想和发明创造都极大地改善了我们的生活，促进了人类的进步。当今，在动力（电力）的帮助下，人类成功地穿越了海洋，被从各种沉重、枯燥的体力劳动中解放了出来；在新科技新发明的帮助下，我们学会了飞行；借助电波，我们很轻松地就能将各种新闻资讯传递到世界的每一个角落。

然而，同这种进步不相称的是，我们在商品（生活用品）的生产和分配方面还处在非常落后的状态，简直是一团糟。正因为此，每个人都生活在惶恐中，担心被这个时代抛弃，同时也遭受着物资匮乏的煎熬。不仅如此，放眼世界，战争时有发生，不同国家的人们时不时地相互残杀。人们因此而对未来失去了信心，不得不生活在害怕和恐惧中。

人类的未来会好吗？我多么希望能从后人那里听到自豪、肯定的回答！